그렇게
큰 사랑은
사라지지
않아요

그렇게 큰 사랑은 사라지지 않아요

모니 닐손 글
요안나 헬그렌 그림
신견식 옮김

다림

나보고 이 책을 써 달라고 했지만

정작 읽을 수 없었던

예시카 스카르프스베르드에게

차례

노아 _11

엄마 _15

노아를 꼭 미워해야 돼 _21

펜 긁는 소리와 숨소리 _24

알마 할머니와 랑나르 _29

암 자선 행사 _36

지나가는 자전거 _40

시합 _43

불쌍한 레아 _48

싸움암 _51

콘라드 _53

31호 병동 _58

엄마만 할 수 있어 _64

치료 _66

밤에 _71

부활절 _75

노아 탐지기 _77

초대 _81

봄 _86

뼛가루 한 숟갈 _92

엄마 한 숟갈 _94

디스코 파티 _95

대답하기 어려운 질문 _101

알마 할머니 _103

좋은 날 _106

파티 _108

대모 _113

악화일로 _118

바르토의 복수 _122

그렇게 해가 구름으로 들어갔다 _128

한 달의 삶 _130

함께 _136

알기 싫은 것 _140

아무도 믿을 수 없다 _144

출국장 _148

영원히 _152

두려운 건 없어 _153

돌고래 자매 _156

죽더라도 태어날 만한 _159

블루스 타임 _162

나중 일은 아무도 모른다 _164

괴팍한 가족 _168

정말요 _173

어디에나 _176

관 _177

다시 학교로 _179

장례식 _183

밤나무 _187

그렇게 큰 사랑은 사라지지 않아요 _190

노아

"너 참 안됐다."

노아가 푸른 눈으로 날 쳐다보며 말했다.

내 가장 친한 친구 노아보다 눈이 푸르고 예쁜 애는 없다. 난 노아가 좋다. 노아도 날 좋아한다. 내가 뾰로통할 때도 노아는 날 좋아한다. 나도 노아가 만사 귀찮다면서 아무것도 안 하려고 할 때조차 노아를 좋아한다. 우리는 꼭 일란성 쌍둥이 같다. 좋아하는 것도 싫어하는 것도 똑같다. 우리가 제일 좋아하는 동물은 돌고래인데 나중에 크면 같이 돌고래 사육사가 되기로 했다. 또, 우리는 동시에 똑같은 곳을 다치곤 했는데, 상처에 딱지가 앉으면 서로의 상처를 만지작거리면서 놀았다. 우리 오빠 루카스는 그런 우리를 보며 징그럽다고 했지만.

사실, 노아의 진짜 이름은 노라다. 내가 어렸을 때 'ㄹ' 발음을 못 해서 노아라고 불렀는데, 그 뒤로 모든 사람들이 노라를 노아라고 부른다.

노아는 나에 관해서라면 모르는 게 없다. 물론, 나도 노아에 관한 거라면 모르는 게 없다.

"뭐가? 내가 뭐가 안됐는데?"

내가 놀라서 묻자 노아가 말했다.

"내가 무슨 말 하는지 몰라?"

"응. 전혀 모르겠는데."

"너희 엄마 죽잖아."

눈을 감은 노아의 얼굴에는 슬픔이 한가득 담겨 있었다.

"그럴 리가 없어."

"내가 어제 암 자선 행사에서 너희 엄마 봤단 말이야. 우리 엄마가 너한테 얘기하지 말라고 했지만."

나는 혹시 노아가 장난치는 건가 싶어서 얼굴을 빤히 바라봤다. 장난이라면 아주 질 나쁜 장난이다. 근데 노아의 표정은 전혀 밝지 않았다.

"어제 텔레비전에도 나왔어."

"아니라니까."

"맞다니까."

노아는 울음을 터뜨리기 일보 직전이었다.

"너네 엄마나 죽으라고 해!"

난 이렇게 말하고서 노아를 세게 밀쳤다. 너무 세게 밀쳐서 노아가 웅덩이 속에 풍덩 빠졌다. 나는 노아의 다리를 발로 뻥 걷어찼다.

"너 미워!"

나는 소리를 지르고 또다시 노아의 다리를 걷어찼다. 노아는 울음을 터뜨렸다. 다른 아이들이 선생님을 부르러 가는 게 보였

다. 나는 선생님이 오기 전에 얼른 도망쳤다. 교문 밖으로, 노아가 안 보일 때까지. 멀리, 멀리, 멀리.

너덜너덜해진 가슴이 쿵쿵 울렸다.

엄마

다른 집 엄마들은 모두 일하러 다닌다. 그런데 우리 엄마는 거의 항상 집에 있다. 내가 초등학교에 들어간 이후로 줄곧 그래 왔다. 엄마는 건강해지는 게 자기 일이라고 말했다. 그리고 항상 내 곁에서 사랑을 베풀어 주는 것도.

"다녀왔습니다!"

나는 보통 학교에서 돌아오면 인사를 크게 하고는 거실 바닥에 큰대자로 누워 버린다.

"그래, 우리 검은지빠귀 왔니? 간식 좀 먹을래?"

그럼 엄마도 대답해 준다. 엄마는 나를 그때그때 조금씩 다르게 부른다. 어떨 때는 '우리 아기'고 또 어떨 때는 '지빠귀'라고 불렀다. 그리고 봄이 되면 나한테서 숲 냄새가 나는 것 같다며 '송진'이라고 부르기도 했다. 엄마가 '레아'라는 내 이름으로 부르는 일은 거의 없다.

　엄마가 병에 걸리기 전에 어떻게 나를 밤낮없이 보살펴 주었는지는 잘 기억이 나지 않는다. 예전에는 엄마도 일을 했다. 신문사를 다녔는데, 이제 엄마는 일을 할 수가 없다. 하지만 내가 한밤중에 깨서 엄마 침대로 기어들어 가더라도 엄마의 사랑은 한결같았다. 내가 열쇠 꾸러미나 체육복을 흘리고 다녀도 말이다.

　이따금 엄마는 엄청 아플 때면 변기에다가 토를 했고, 머리카락이 왕창 빠져서 머리가 물고기 비늘보다도 반들반들했다. 그러면 나는 엄마 머리에다가 사인펜으로 낙서를 하고 놀았다. 가끔은 몸이 좋아져서 머리카락이 새로 자라기도 했다. 그럴 때면 우리는 영화관에도 가고, 친구도 만나고, 여행도 다니며 재미있게 놀았다.

　엄마랑 나는 보라보라섬에 가는 것을 늘 꿈꿔 왔다. 보라보라섬은 프랑스령 폴리네시아에 있는 섬이다. 텔레비전에 나온 걸보고 꼭 가고 싶어졌다. 그리고 엄마가 서른여섯 살이 됐을 때, 드디어 보라보라섬으로 가족 여행을 떠났다. 아빠는 은행에서 대출을 받았고 나는 외할머니와 외할아버지께 돈을 빌렸다. 작년 크리스마스, 짙은 빛깔에 머릿결이 곧았던 엄마의 머리가 희끄무레하고 곱슬곱슬하게 새로 자라나기 시작하자 우리 가족은 모두 함께 길을 나섰다. 우리는 멀리멀리 날아가 수상 오두

막에서 지냈다. 지붕에는 커다란 도마뱀이 기어 다니고 투명한 유리 바닥 밑으로는 바다에서 헤엄치는 물고기도 보였다.

우리는 형형색색의 산호초 위를 누비며 스노클링도 하고 바다에서 해수욕과 일광욕도 즐기고 뱃가죽이 벨벳처럼 보드라운 대왕쥐가오리와 함께 헤엄도 쳤다. 돌고래도 봤다. 비록 멀리서 봤지만 그렇게 아름다운 것은 난생처음이었다. 맨날 불만에 가득 차 있고 자기 방에서 음악이나 크게 틀어 놓는 루카스 오빠조차도 즐겁게 지냈다. 오빠가 나에게 카드놀이도 가르쳐 줘서 우리는 저녁마다 같이 놀았다. 엄마랑 아빠는 다정하게 손을 잡고 다니며 민망하게 뽀뽀도 했다.

엄마랑 나는 각자 꽃무늬 천으로 된 파레오*를 사서 원피스처럼 입고 히비스커스꽃을 꺾어 머리에 꽂고 다니며 폴리네시아 사람 흉내를 냈다. 그 파레오는 지금도 가지고 있다. 거기서는 아직도 바다, 돌고래, 산호 그리고 행복의 냄새가 난다. 나는 그걸 평생 빨지 않을 생각이다.

보라보라섬에서 지낸 마지막 날, 엄마와 나는 바닷물에 발을 담그고 해변에 앉아 시간을 보냈다. 그런데 엄마가 느닷없이 울음을 터뜨렸다.

＊ **파레오** 허리에 두르는 천으로, 묶어서 입는 스커트

"엄마, 무슨 슬픈 일 있어요?"

"슬픈 게 아니야. 바로 지금 내가 세상에서 가장 행복한 사람이라서 우는 거야. 지빠귀야, 이 모든 게 다 네 덕분이야."

"아빠 덕분이기도 하잖아요. 좀 이상한 말이지만, 제가 세상에서 제일가는 대단한 사람이 된 듯한 느낌이 들 때가 있는데, 그러면 어쩐지 키도 커지고 힘도 세져서 책상도 번쩍번쩍 들어 올릴 수 있을 것 같아요."

나는 기지개를 켜면서 말했다.

"이번 여행을 맘속에 잘 간직해 두렴. 나중에 언제고 마음이 울적해지면 우리가 태평양에 발가락을 담그고 놀던 때를 떠올려 봐. 난 이 몇 주 동안의 시간이 지난 15년 동안 별 볼 일 없이 보냈던 세월을 다 보상해 주는 것만 같구나."

엄마가 그런 말을 할 때마다 나는 목이 메었다. 나는 그런 것도 못 알아듣는 바보가 아니다. 그러니까 엄마는 암에 걸렸고, 죽을지도 모른다. 어른들은 내가 듣고 있다는 생각도 안 하고 그냥 다 말하고 다닌다.

"근데 엄마, 지금은 건강한 거 맞죠?"

"지금 이 순간 엄마보다 건강한 사람은 없을걸. 하지만 새로운 약을 찾아내지 못하면 다시 건강하게 지낼 수 없을 거야. 너도 알잖니."

엄마는 나를 끌어당겼다.

"그럼요."

나는 속삭이면서 엄마 품속으로 더더욱 가까이 파고들었다.
나는 엄마 몸속에 숨어 있는 병이 싫다. 바로 완치되는 약을 안
주는 의사도 밉다.

우리가 보라보라섬에 다녀온 지도 1년이 조금 지났다. 보라보라섬을 떠난 뒤에는 곧장 뉴질랜드에 가서 거기 사는 라세 작은 외삼촌을 만나서 반갑게 인사도 나눴다. 사촌들이 스웨덴어를 모르다 보니 나는 영어로 말할 수밖에 없었다. 딱히 이야기를 주고받기에 좋은 상대는 아니었다. 겨우 세 살배기와 한 살배기였으니까. 뉴질랜드에서도 잘 지내긴 했지만 난 보라보라섬이 훨씬 더 좋았다. 커서 어른이 되면 노아랑 거기로 이사를 가야겠다고 생각했다.

집으로 돌아온 후 엄마는 다시 아프기 시작했고 곱슬머리마저 빠져 버렸다. 나는 엄마의 반짝거리는 머리통에다 가오리를 그렸는데 잘 안 돼서 돌고래와 파랑 줄무늬 열대어도 그렸다. 엄마가 아픈 것보다 우리 여행을 더 자주 떠올리기를 바랐다.

그리고 나도 그렇다. 암보다는 보라보라섬을 떠올리는 게 더 즐거웠다.

노아를 꼭 미워해야 돼

엄마와 아빠가 스톡홀름 암 자선 행사에 갔을 때부터 외할머니와 외할아버지께서 우리 집에 와 계셨다. 그런데 내가 학교에서 돌아오니 엄마는 소파에 앉아 컴퓨터로 뭔가 쓰고 있었다. 엄마는 숨 쉬는 데 도움이 되는 호스를 코에 꽂고 있었다. 나를 발견한 엄마가 놀라서 물었다.

"우리 송진, 벌써 집에 왔니?"

"네."

나는 엄마 옆을 휙 지나가 잽싸게 내 방으로 올라갔다.

"우리 간식 먹을까?"

"싫어요!"

나는 화난 투로 소리치고 문을 쾅 닫았다. 무엇 때문에 화가 났는지는 나도 모르겠다. 노아, 엄마, 아빠 아니면 암 자선 행

사를 보지 못하게 한 외할머니와 외할아버지한테? 도대체 노아
는 왜 그 방송을 본 거지? 거기 있던 사람은 내 엄마잖아. 노아
는 정말 짜증나고 멍청해.

나는 너무 화가 나서 책상 위에 있는 사진 액자를 방바닥에
집어 던졌다. 액자의 유리는 내 심장처럼 산산이 부셔졌다. 액
자에는 노아랑 내가 축구 유니폼을 입고 팔짱을 끼고 서 있는

사진이 있었다. 우리는 즐거워 보였다. 이상할 것은 없다. 우리가 중요한 경기를 막 이긴 후였으니까. 나는 노아와의 사진을 반으로 쭉 찢어 버렸다. 누구보다도 노아 때문에 화가 치밀어 올랐다. 가장 친한 친구라는 애가 도대체 어떻게 우리 엄마가 죽을 거라는 말을 내뱉을 수 있지?

문득 이런 생각이 들었다.

'내가 노아를 미워하기만 하면 엄마는 죽지 않을 거야.'

펜 긁는 소리와 숨소리

———◆———

  엄마가 통화하는 소리가 들리더니 곧이어 계단을 올라오는 발소리가 났다. 엄마의 발걸음은 매우 느릿느릿했다. 엄마는 계단이나 오르막길을 오를 때면 숨이 차서 몇 번씩 멈추고 쉬기를 반복했다.

  엄마가 내 방문을 똑똑 두드렸다. 엄마는 우리 가족 중에서 유일하게 노크를 하고 '들어오세요'라는 대답을 기다리는 사람이다. 아빠는 노크하면서 동시에 문을 열고 오빠는 그냥 문을 휙 열어젖히고 들어와서는 내 물건을 가져간다. 대개 충전기다. 오빠 것은 맨날 흘리고 다닌다.

  난 오빠 방에 절대 안 들어간다. 오빠가 집에 있을 때는 말이다. 집에 없을 때는 물론 맘대로 들어간다. 노아랑 나는 방 안 이곳저곳을 뒤진다. 얼마 전에는 서랍에서 담배도 봤다. 그래서 나는 지금 오빠도 암에 걸릴까 봐 걱정이다. 엄마랑 아빠한테 일러야 될지 잘 모르겠다.

"볼일 있으면 들어오세요."

나는 엄마의 노크에 대답했다. 엄마는 문을 열고는 이불을 정리하지 않은 내 침대 위에 앉아서 숨을 돌렸다. 나는 못 들은 척했다. 엄마의 헐떡거리는 숨소리가 싫었다. 나는 그 소리가 끔찍하다. 왜 우리 엄마는 다른 엄마들처럼 살 수 없을까? 코에 호스를 꽂고 헉헉대며 앉아 있지도 않고, 머리카락도 나고, 일하러 다니는 그런 건강한 엄마들처럼 말이다.

난 공책을 휘리릭 넘겨 빈 곳에다가 그림을 그리기 시작했다. 기분이 나쁘거나 가라앉을 때 그림을 그리면 나아진다. 그러고 보니 난 기분 좋을 때도 그림을 자주 그린다.

"안나 선생님한테 전화가 왔었어."

엄마는 충분히 숨을 돌리고서 말했다. 안나 선생님은 우리 반 담임이다.

"그래요?"

"노아랑 싸웠다면서?"

"거짓말이에요. 나만 맞았거든요."

"얘기 좀 해 보렴."

"싫어요."

나는 고개도 돌리지 않고 그림만 그리고 또 그렸다. 들리는 것이라곤 엄마의 숨소리와 종이에 펜 긁는 소리 그리고 여전히 너덜너덜한 내 심장이 뛰는 소리뿐이었다. 그림이 엉망이라서 나는 종잇장을 쫙쫙 찢어발겨 공처럼 뭉쳤다. 엄마가 침대 옆자리를 톡톡 두드리며 나를 불렀다.

"이리 와 보렴."

"싫어요."

나는 한참을 벽만 우두커니 바라봤다. 눈을 어떻게 깜박이는지 까먹을 때까지, 눈물이 가득 고일 때까지 벽만 바라봤다. 그러고 나서 고개를 돌렸다.

"엄마 죽어요? 노아가 그랬어요. 엄마가 죽을 거라고. 텔레비전에도 나와 줘서 참 고마워요. 이제 온 세상 사람들이 엄마가 암 걸린 걸 알겠네요. 나는 전혀 바라지 않았지만요!"

"근데 송진아. 엄마가 암 연구 기금 모금 때문에 출연한 거 너도 알잖니."

"저는요?"

엄마가 걱정스럽게 날 쳐다봤다. 어쩌면 나는 엄마가 자신이 죽을 거라고 나 빼고 남들에게만 얘기한 게 싫은 것인지도 모르겠다. 참으려 했지만 눈물이 왈칵 쏟아졌다.

"미안해. 엄마가 정말 미안하구나. 근데 엄마가 죽을 거라고 말하진 않았어."

엄마를 믿어도 될지 모르겠다.

우리는 스타워즈 침대보 위에
이불을 덮고 기어들어 갔다. 이보
다 아늑한 침대보는 없다. 적어도
엄마랑 나는 그렇게 생각한다.

우리는 한참을 말없이 누워 있었다. 마당에서는 검은지빠귀
가 지저귀고 있었다. 적어도 내가 듣기엔 검은지빠귀의 울음소
리 같았다. 나는 눈을 스르르 감는 엄마를 바라보며 말했다.

"엄마……. 엄마는 정말로 죽어요?"

"우리 모두가 언젠가는 죽는단다. 그게 언제가 될지는 아무도
모르지."

"전 엄마가 죽는 게 싫어요."

엄마는 나를 끌어당겼고 나는 엄마 턱 밑에 얼굴을 파묻었다.

"알고 있단다."

"엄마는요?"

엄마가 내 뺨을 어루만졌다.

"물론 싫지. 네가 자라나는 걸 보고 싶거든. 그보다 더 원하
는 건 없단다."

"세상에 평화가 오는 것보다도요?"

"그럼. 내가 말도 안 되는 소릴 하는 건가?"

"저도 마찬가진데요. 전 아이들이 굶주리지 않는 것보다 엄마가 살기를 바라니까요."

"그래."

"그러니까 건강해져야 해요."

나는 엄마에게 다가가 속삭였다.

"그럴게. 엄마도 노력한다는 걸 알아줬으면 싶구나."

우리는 말없이 누워 서로 눈만 쳐다봤다.

엄마가 눈물을 글썽였다. 나도 마찬가지였다.

알마 할머니와 랑나르

우리 집은 연립 주택이다. 노아도 연립 주택에 산다. 우리 집이랑 좀 멀긴 하지만. 우리 엄마랑 친구 사이인 노아 엄마의 이름은 나디아다. 노아 아빠의 이름은 옌스인데, 여자 친구랑 시내에 있는 아파트에서 살고 있다.

우리 엄마가 내 가장 친한 친구의 엄마와 친구 사이라서 참 좋다. 아니, 좋았다. 내가 노아를 미워하기 전에는. 우리 네 사람은 이따금 재미나게 놀았다. 영화도 보러 가고, 여자들끼리 주말 나들이도 하고, 차를 몰고 어딘지 모르는 곳으로 드라이브를 가기도 했다. 엄마와 나디아 아줌마는 우리보다 더 유치하다. 별거 아닌 것 가지고도 그렇게나 깔깔대고 웃는 사람들이 과연 또 있을지 모르겠다. 노아와 나는 엄마들 때문에 창피해 죽을 뻔했다.

하지만 이제 더는 창피할 필요가 없다. 다시는 함께 모여서 놀지 않을 테니까.

창밖을 보니 노아와 나디아 아줌마가 걸어오고 있었다. 노아가 올려다보는 틈을 타서 나는 몸을 숙였다.

나는 계단을 뛰어 내려가 뒤뜰로 나갔다. 나무도 심어 놓은 작은 정원이다. 날이 따뜻하면 우리는 거기서 밥도 먹는다. 우리 집과 이웃집 사이에는 산울타리가 우거져 있다. 여름이 되면 짙푸르고 좋은 향기를 풍긴다. 하지만 겨울에는 아무런 향기도 안 나고 닿으면 따끔거릴 뿐이다. 나는 울타리를 풀쩍 뛰어넘었다. 알마 할머니 집 문 앞에 도착하자 양말은 진흙투성이에 흠뻑 젖어 있었다. 장딴지도 잔뜩 긁혀 따가웠다. 그나마 다행인 점은 할머니는 절대로 문을 잠가 놓지 않는다는 것이다.

"뭐 하러 잠가 놓니? 랑나르가 있잖아."

랑나르는 도둑이 들어와도 할머니를 절대 구해 주지 못할 텐데. 세상에서 가장 뚱뚱한 닥스훈트라서 다리가 네 개 달린 식빵처럼 생겼다. 내가 거실로 들어가자 랑나르가 꼬리를 흐느적흐느적 흔들었다. 알마 할머니는 딴 사람은 절대 못 앉게 하는 안락의자에 앉아 텔레비전을 보고 있었다.

알마 할머니는 말로는 애들이 성가시다고 하면서도, 열쇠를 깜박해서 집에 못 들어가는 아이를 자기 집에 들이기도 했다.

그저 할머니가 퍼즐 맞추는 걸 도와주면 된다.

"온 게냐?"

"예, 보시다시피요."

그러고서 우리는 아무 말도 하지 않는다. 알마 할머니는 퀴즈 프로를 보고 있었는데 거기에 나온 문제의 답을 모두 맞혔다. 할머니는 모르는 게 별로 없는 것 같다. 내가 확실하게 아는 유일한 사실은 엄마와 나디아 아줌마가 나보고 노아랑 사이좋게 지내라고 강요해도 절대로 말을 듣지 않으리라는 것뿐이다.

절대로, 절대로.

"할머니, 우리 엄마 나오는 암 자선 행사 봤어요?"

"물론 봤지."

할머니는 걱정스러운 얼굴로 고개를 가로저었다.

"저 빼고 다 봤나 봐요."

나는 시무룩하게 말했다.

"오히려 잘됐구나."

"노아도 그걸 봤단 말이에요. 뭔가 잘못된 거 아닌가요?"

"내가 뭐 모든 질문에 답하는 신처럼 보이는 게냐."

할머니는 중얼대면서 건들건들 부엌 쪽으로 걸어갔다. 랑나르도 간들간들 따라갔다. 둘이 걷는 품새가 똑같다. 나는 답답한 마음에 할머니한테 소리쳤다.

"네! 퀴즈 프로 보면서 다 맞히시잖아요."

"그건 간단하지. 하지만 사람은 도통 이해가 안 된단 말이지."

내가 부엌까지 쫓아가자 할머니가 말했다. 그리고 랑나르랑 함께 먹을 돼지 간 파테를 바른 샌드위치를 만들었다.

"너도 하나 먹을 테냐?"

"아뇨, 괜찮아요."

노아와 나디아 아줌마가 드디어 가는 게 보였다. 노아의 뒷모습은 슬퍼 보였다. 비가 내려서 그렇게 보였던 걸까.

진흙투성이 발을 하고 집에 오니 엄마가 말했다.

"어디 갔다 왔니? 너 찾느라 사방을 돌아다녔는데."

"알마 할머니네요."

"왜 말 안 하고 갔어?"

나는 어깨를 으쓱했다.

"저는 우리 가족끼리는 서로 얘기 안 해도 되는 줄 알았죠."

"노아 왔다 갔는데."

"그랬어요?"

나는 놀라는 척했다. 내 연기가 잘 먹혔는지는 모르겠다. 엄마가 고개를 가로저으며 섭섭한 눈빛으로 나를 보았기 때문이다. 나도 엄마에게 섭섭하다는 눈빛을 보냈다.

"엄마랑 나디아 아줌마랑 친구 사이라고 해서 나랑 노아도 꼭 친구일 필요는 없잖아요."

"노아가 속상하대. 너랑 다시 사이좋게 지내고 싶다고 했어."

"걔가 속상할 게 뭐람. 죽을 엄마가 있는 것도 아니면서."

나는 눈을 감았다.

엄마는 나한테 한 대 맞기라도 한 것처럼 보였다. 하지만 사과는 하기 싫었다. 엄마가 죽을병에 걸린 게 내 잘못은 아니니까. 나는 싫었다. 계단을 뛰어 올라가 문을 쾅 닫고 침대 위에 털썩 누웠다.

베개 위에 쪽지가 하나 접혀 있었다. '레아에게'라고 쓰여 있었다. 한눈에 봐도 노아 글씨체였다.

레아에게

우리 다시 사이좋게 지내자.
너희 엄마 일 가지고 그렇게 말해서 미안해.
나도 아줌마가 빨리 나으시면 좋겠어.
너희 엄마는 우리 엄마나 다름없잖아.
그러니까 제발 날 용서해 줘.
제발, 제발, 제발!!!!!!!

너가 없으니까 재밌는 게 하나도 없어. 나 맨날 울어.
차라리 암 자선 행사 안 볼걸.

너의 절친 노아가

종이를 꾸깃꾸깃 구겨서 휴지통에 휙 던졌다. 하지만 이내 후회하고 종이를 펴서 노아의 편지를 다시 읽었다. 나도 울고 싶었다. 그런데 눈물이 안 났다.

눈물이 말라 버리기도 하는 걸까?

암 자선 행사

인터넷에서 암 자선 행사를 검색해 동영상을 틀었다. 얼마 지나지 않아 엄마 얼굴이 나왔다. 나는 바로 재생을 멈췄다. 보고 싶지만 한편으로는 보고 싶지 않았다. 동영상을 틀었다 멈추기를 반복했다. 목덜미가 꺼림칙하게 근질근질했다. 마치 벌레가 기어 다니는 느낌이었다. 눈 주변에 화장품을 덕지덕지 바른 엄마가 영상 속에서 나를 빤히 쳐다보고 있었다.

나는 애써 외면하고 오빠 방으로 가 문을 두드렸다. 컴퓨터 게임을 하는 소리가 문틈으로 들리는데 내 노크 소리가 안 들리나 보다. 목숨을 걸고 문을 열고 성큼 들어갔다. 오빠는 게임하느라 바빠서 나한테 눈길도 안 줬다.

"안녕."

오빠 친구인 아베 오빠가 날 보고 씩 웃었다.

"왜 왔냐?"

오빠가 기름통을 총으로 쏴서 폭발시키며 말했다.

"오빠, 암 자선 행사에 엄마 나온 거 봤어?"

"응."

"나도 봐야 될까?"

"아니. 보지 마. 기분만 상할 거야."

아베 오빠가 대신 대답했다. 오빠는 내 쪽으로 고개를 돌렸다. 아주 못돼 먹은 오빠 얼굴로 싹 바뀌며 말했다.

"보다가 나한테 걸리면 죽는다."

"근데 딴 사람들은 다 봤잖아."

"아 됐고, 남들은 신경 끄라니까."

나는 오빠 방에 그대로 서 있었는데 약 30초 뒤 오빠한테 쫓겨났다. 내 방에 돌아오니 컴퓨터 화면은 꺼져 있었다. 오빠 말이 맞다. 남들 신경 쓸 필요 없다. 신경 써서 뭐 할 거야.

내일 영어 구술시험이 있지만 신경 쓰지 않기로 했다. 모든 것에 신경을 끄니 재밌기도 하고 긴장되기도 했다.

"Hello. My name is Lea and I shit in all. (안녕하세요. 제 이름은 레아예요. 전 별 볼 일 없어요.)"

"영어로는 I don't give a shit이라고 말해야 '신경 안 쓴다'는 뜻이 돼."

아빠가 노크도 없이 내 방에 쓱 들어와 말했다. 나는 창밖을 바라봤다. 칠흑같이 어두워서 거의 아무것도 안 보였다.

"엄마랑 아빠는 너를 지켜 주려던 것뿐이야. 그게 부모의 역할이지. 하지만 레아 네가 반드시 암 자선 행사를 봐야겠다면 함께 보자꾸나."

"아뇨, 됐어요. 그냥 영화나 볼래요."

아빠 이마의 주름살이 펴졌다.
"그래, 그러자."

나는 소파에 누워 있는 엄마 품에 파고들어 갔다. 그리고 우
리는 함께 개그 프로를 봤다.
우리 가족은 웃는 걸 좋아한다.
그러나 오늘 밤만은 아니었다.

지나가는 자전거

———•———

    노아는 날마다 자전거를 타고 우리 집을 지나갔다. 나는 그럴 때마다 커튼 뒤로 숨었다. 노아가 내가 자기를 지켜보고 있다고 생각하지 않았으면 했다. 나는 그저 확인하고 싶을 뿐이다. 노아가 정말로 매일 우리 집 앞을 지나가는지.

    노아가 그만했으면 좋겠다. 창가에 서서 노아가 자전거를 타고 지나가는지 확인할 시간에 나를 위한 다른 일을 하는 게 더 나으니까. 하지만 노아에게 말할 수도 없었다. 우리는 이제 서로 말을 안 건다. 학교에서든, 전화로든, 어디서든. 그전까지만 해도 우리는 온종일 수다를 떨곤 했는데.

    이따금 노아의 휴대 전화 번호를 눌러 봤지만 통화 버튼을 누르지는 않았다. 나는 유일하게 노아의 휴대 전화 번호를 외우고 있다. 노아를 미워하는 것을 잊지는 않았지만 보고 싶은 마음은 어쩔 수 없었다.

노아가 알마 할머니 집 옆에서 자전거를 돌려 우리 집 앞을 천천히 지나갔다.

나는 여전히 커튼 뒤에 숨어 있었다.

커튼은 하얀 점무늬로 가득하다. 노아도 똑같은 커튼이 있다. 지난 주말, 우리가 마지막으로 시내에서 놀 때 함께 샀다. 우리 엄마랑 나디아 아줌마는 좋아하는 가수를 보러 콘서트에 갔다. 내가 보기에 엄마는 아빠보다 그 가수를 더 좋아하는 것 같다. 하지만 그 가수가 엄마를 좋아할 일은 없을 것 같다. 다행히도 말이다. 부모님이 다른 사람과 사랑에 빠지면 머리가 아플 것 같다. 노아 아빠처럼.

노아랑 나는 남몰래 아베 오빠를 좋아하고 있다. 사실 사랑에 빠진 사람은 노아다. 나는 노아가 원해서 좋아한 것뿐이다. 아베 오빠는 우리 오빠의 친한 친구다. 그래서 비밀로 하고 있다. 노아는 만약 아베 오빠가 이 사실을 알게 되면 부끄러워 죽을지도 모른다고 말했다. 그래서 나는 아베 오빠한테 얘기해 줄까 생각 중이다. 노아가 죽을 만큼 창피하라고. 노아는 그래도 싸다.

나도 부끄럼을 잘 탄다. 이를테면 엄마 생리대를 사러 가기 싫다. 누가 보면 내 것인 줄 알 테니까! 엄마가 오빠랑 내 사진을 에스엔에스(SNS)에 올리는 것도 싫다. 촌스러운 잠옷 바람의 나를 아무나 다 보는 게 창피했다. 엄마 에스엔에스 팔로워가 5천 명쯤 되는데 엄마가 무슨 사진을 올리든 좋아요를 눌러 댔다. 나한테 팔로워라고는 내가 뭘 올리든 무조건 좋아요를 눌러 주는 노아, 엄마, 외할머니, 외할아버지 말고는 콘라드밖에 없는데.

콘라드는 나랑 같은 반 친구다. 노아는 콘라드가 나를 좋아한다고 했다. 걔는 그걸 어떻게 알까? 콘라드는 오렌지색 머리카락에 주근깨투성이고 아주 착하다. 우리는 보통 쉬는 시간에 같이 놀았다. 나, 노아, 콘라드, 올레 이렇게 넷이서 피구나 축구를 하거나 재미있는 유튜브 영상을 보곤 했다. 어쨌든 노아와 싸우기 전에는 그랬다. 노아를 미워하는 걸 잊어버리지 않는 이상, 이제 그럴 일은 없을 것이다.

이제는 안 하는 게 많다. 내가 그렇게 노는 걸 얼마나 좋아했는데…….

시합

심판이 호루라기를 불어 전반전이 끝났음을 알렸다. 보통 그 레다 팀과 축구 경기를 하면 우리 팀이 쉽게 이기는데 오늘은 우리가 삼 대 일로 뒤지고 있었다. 하세 감독님이 나를 쏘아봤다.

"레아, 너 왜 그래? 노아가 패스한 공을 다 놓쳤잖아."

나는 어깨를 으쓱하고 밑을 내려다봤다. 바닥이 더러웠다. 맨발로 걸으면 사마귀가 족히 천 개는 생길 것 같았다.

"레아랑 노아랑 싸웠대요."

떠버리 올손이 말했다. 그러자 감독님이 욕을 내뱉었다.

"이런 염병할. 너희가 유치원생들도 아니고. 그런 시답잖은 일은 경기장 밖에서 해결하라고."

하세 감독님만큼 욕을 많이 하는 사람은 내가 알기론 없다. 우리에게, 심판에게, 상대 팀에게, 끼어드는 부모에게 욕을 했다.

욕 좀 그만하라는 사람들한테 특히 더 많은 욕을 퍼부었다. 하지만 우리는 하세 감독님을 사랑한다. 세상에서 제일 훌륭한 감독님이니까 우리한테 욕을 해도 별로 상관없었다. 가장 많이 하는 말은 염병, 젠장 그리고 내가 절대 입 밖으로 꺼낼 수 없는 욕들이었다. 특히 심한 욕은 주로 심판한테 내뱉었다.

"야 인마, 계집애들처럼 뛰지 마!"
감독님은 우리를 향해 소리치면서 가루담배를 윗입술 밑에 넣었다.
"모르셨나 본데 우리 계집애 맞거든요."
"그래, 미안."
아일라가 불퉁한 표정으로 얘기하자 감독님이 사과하며 나랑 노아 쪽으로 다시 몸을 돌렸다.
"딴 데서는 너희 마음대로 해도 되지만 여기서는 내가 하라는 대로 해. 그러니까 이제 둘이 악수하고, 그레다 팀을 박살 내러 가자고."
나는 정강이 보호대를 가만히 내려다보다가 양말을 끌어 올리고, 신발 끈을 묶었다. 노아의 눈빛이 타올랐다. 감독님의 눈빛도 이글이글 타오르고 있었다. 내가 입은 빨강 검정 줄무늬 운동복 상의에 불이 붙을 것만 같았다.

"레아."

내가 가만히 있자 감독님이 명령조로 말했다.

"왜요?"

나는 올려다보지도 않고 대답했다.

"젠장, 이제 악수 좀 하라니까."

"저는 할게요."

노아가 말하면서 손을 내밀었다. 손을 잡는 것은 참으로 쉽지만, 손이 나가지 않았다.

"싫어요."

나는 속삭였다. 팔의 무게가 2톤은 나가는 듯했다.

"너 때문에 전반전 망했잖아."

"맞아."

빌마가 말하자 아일라와 떠버리 올손이 맞장구쳤다. 그러자 딴 애들도 동조했다. 빌마는 내가 싫은가 보다.

"그럼 내가 관두는 게 낫겠네."

걷는데 다리가 뻣뻣한 느낌이었다. 마치 나무토막 같았다.

"이런 젠장, 레아!"

"돌아와! 우리는 네가 있어야 돼."

나도 안다. 나는 우리 팀에서 최고의 여자 축구 선수 마르타 비에이라 다 시우바 같은 존재다. 나는 우리 팀에서 골도 가장 많이 넣었다. 노아는 패스를 가장 많이 했다. 이제 노아는 패스할 딴 사람을 찾아야겠지. 난 신경 끌 거다.

"레아! 얼른 와. 후반전 시작이야!"

감독님이 또 소리쳤다. 나는 발걸음을 돌리지 않았다. 그냥 앞만 보고 걸어갔다. 기분이 좋았다. 한 2분쯤은.

"무슨 일 있니?"

관중석에 앉자 옆에 있는 아빠가 물었다. 우리 아빠는 우리 팀 최고의 팬이다. 아빠랑 빌마네 엄마, 이 둘은 우리 경기를 모두 다 챙겨 본다.

"나 관뒀어요."

말하면서 보니 빌마가 노아에게 패스 받아 찬 공이 골대를 한참이나 벗어났다.

"뭘 관둬?"

아빠는 나한테서 외계어라도 들었나 보다.

"축구는 네 인생이잖아."

"염병, 누가 그딴 팀 필요하대요?"

"레아!"

아빠가 정색하고 날 쳐다봤다.

그런 표정은 처음 본 것 같다.

불쌍한 레아

———— ◆ ————

"목이 아파요."

아빠가 잠을 깨우자 나는 투정을 부렸다. 사실은 아프지 않았다. 세상만사가 다 귀찮지만 학교는 정말로 가기 싫었다.

"입 벌려 봐."

평범한 회사에서 일하는 아빠가 돌팔이 의사처럼 목구멍을 들여다봤다. 그러곤 열이 있나 이마를 짚어 봤다. 안타깝게도 열도 안 났다.

"괜찮아 보이네."

"그래도 학교 가기 싫어요."

"아빠는 일하러 가고 싶은 줄 아니? 얼른 일어나."

오빠가 화장실에 들어가 있어서 나는 씻지도 않고 이도 안 닦은 채 옷만 갈아입고 부엌으로 갔다. 심지어 팬티도 안 갈아입고 어제랑 똑같은 스웨터를 또 입었다. 가슴에 토마토소스가 묻어 있었다. 뭐, 아무렴 어때.

빵 두 조각을 토스터에 넣었다. 오빠는 계단을 쿵쾅거리며 부엌으로 내려오더니 토스터에서 튀어나오는 내 빵을 휙 가로채 갔다. "내 거야!"라고 소리치자 오빠가 빵을 혀로 쓱 핥았다.

"그럼 가져가 보든가."

"아빠, 오빠 좀 봐요."

"싸우지 좀 마라."

아빠가 커피를 따르며 말했다. 나는 어쩔 수 없이 빵 두 조각을 새로 토스터에 넣었다.

"아빠, 엄마는 언제 집에 와요?"

"내일쯤 오지 않을까."

엄마는 다시 병원에 있다.

오빠는 이번에도 토스트를 가로채 갔다. 내가 버터 칼을 집어 던지자 오빠가 버터 칼을 잡더니 내 머리에 버터를 발랐다.

"싸우지들 말라니까."

아빠가 피곤한 목소리로 말했다. 이제 우리는 서로 도와야한다. 오빠가 토스트를 건넸지만 다 식어서 별로 먹고 싶지 않았다. 대신에 요구르트를 좀 따라 놓고 아빠를 슬쩍 훔쳐봤다.

가끔은 아빠도 아플까 봐 무서웠다. 아빠는 머리가 빠지기 시작해서 정수리가 휑하고 허연 반점도 보였다. 내가 머리 위에 뭔가 그럴싸한 걸 그리면 어떨까 물어봤지만 아빠는 싫다고 했다.

"레아, 오늘은 싸우지 않도록 해 봐."

아빠가 날 보며 진지하게 말했다.

"쟤는 가둬 놔야 한다니까요."

오빠가 히죽거리며 말했다. 나도 히죽 웃어 주었다.

오빠는 나를 결코 다정하게 쳐다보지 않는다. 그래서 내가 정상인 것처럼 느껴진다. 그리고 내 자신이 불쌍하다는 생각이 들지 않는다. 학교에서는 다들 나를 안됐다고 여기지만.

싸움암

어쩌면 나는 싸움암에 걸렸을지도 모르겠다. 아니면 다른 병에 걸렸거나. 그게 무엇이든, 엄마의 암만큼 공격적이라서 나는 싸우는 걸 멈출 수 없었다.

나는 누구든 날 동정하면 때리고 다녔다. 그런 애들이 많았다. 짜증 나는 노아가 온 학교에 떠벌리고 다닌 게 틀림없었다. 아니면 암 자선 행사가 올해의 가장 인기 있는 프로였거나.

어딜 가나 사람들은 '불쌍한 녀석'이라는 눈빛으로 날 쳐다봤다. 하지만 한번 얻어맞고 나면 더 이상 나를 불쌍히 여기지 않았다. 나를 불쌍히 여기던 사람들의 기분이 나빠지는 걸 보면 나는 기분이 훨씬 나아졌다.

나를 이해해 주는 사람은 안나 선생님뿐이다. 선생님은 나에게 사과하라고 강요하지 않고, 엄마가 괜찮은지 확인하러 집에 가야 된다고 하면 집에 보내 준다.

그런데 안타깝게도 안나 선생님도 아팠다. 그나마 암이 아니라 다행이었다. 나는 전화를 걸어 언제 다시 학교에 나오냐고 물어봤다. 선생님은 다음 주에 돌아온다고 했다.

안나 선생님을 대신해 우리 반을 맡은 벵트 선생님은 아무것도 이해하지 못한다.

콘라드

노아와 나는 교실에서든 학교 식당에서든 탈의실 벤치에서든 언제나 옆에 붙어 앉곤 했다. 하지만 요즘은 최대한 멀리 떨어져 앉는다. 가능하다면 반도 바꾸고 싶었다. 아니면 전학을 가거나, 아예 딴 행성으로 가고 싶었다. 노아랑 아무리 멀리 떨어져도 성에 안 찼다.

이제 떠버리 올손, 벨라, 빌마가 노아의 옆자리를 차지했다. 나랑 노아는 벨라와 올손이 한심하고 꼴사납다고 늘 생각했었는데, 특히 5학년 때 둘이서 바르토를 쫓아다닌 건 정말 꼴사나웠다. 드라마에 나왔다는 이유만으로 모두가 바르토랑 친해지려 했다. 나한테 바르토는 재수 없는 녀석일 뿐이지만 벨라와 올손은 바르토한테 푹 빠져서 사방팔방 따라다녔다.

안나 선생님은 벨라와 올손에게 그러지 말라고 몇 번이나 주

의를 주었지만 자기들도 어쩔 수 없다나 뭐라나. 노아도 걔들
이랑 다니고 싶지 않을걸!

벨라랑 올손 둘이서 깔깔대며 속닥거리는 소리는 수천 킬로
미터 떨어진 곳에서도 들렸다. 내 얘기를 하는 게 분명했다. 이
따금 잠자리에 누워 있어도 걔들이 떠드는 소리가 들렸다. 정
말 짜증 나 미칠 것 같았다.

점심시간에 축구를 하는 애들이 보였다. 나는 노아가 안 보
이게 그리고 다른 애들 눈에 띄지 않게 운동장을 등지고 섰다.
축구를 하는 사람들은 주로 공만 보니까.

콘라드가 내 옆에 서 있는 느낌이 들었다. 콘라드한테서는
항상 오렌지 냄새가 풍겼다.

"야."

얼마 뒤에 콘라드가 날 부르면서 톡 건드렸다.

나는 몸을 돌렸다.

그러지 말았어야 했다. 누가 날 그렇게 애처로운 눈으로 바
라본 적은 드물었다. 콘라드 얼굴에 가득한 주근깨조차도 나를
동정하는 것만 같았다. 나는 오른손을 움켜쥐고 콘라드의 배를
때렸다.

콘라드도 식식거리며 나에게 달려들었다.

루카스 같은 놈을 오빠로 두
고 있어서 싸움에는 이골이 나
있었다. 콘라드를 쓰러뜨리는
것은 식은 죽 먹기였다. 그
녀석의 팔을 움켜잡고 두 무
릎 사이에 가둬 놓았는데 그
때 코를 한 방 얻어맞았다.
더럽게 아팠지만 한편으로는 기분이 좋았다. 내 코에서 피가
흘러나와 콘라드 얼굴에 뚝뚝 떨어졌지만 나는 그 애처럼 소리
를 지르지 않았다.

콘라드는 비명을 지르며 내 무릎 사이에서 빠져나가려고 이리
저리 몸을 꼬아 댔지만 아무 소용없었다. 학교 애들 절반이 우리
를 둘러싸고 선생님이 나를 떼어놓을 때까지 소리를 질러 댔다.

콘라드는 얼굴에 피범벅이 된 채 슬픈 눈빛으로 나를 쳐다봤
다. 나는 고개를 돌렸다. 더 이상 기분이 좋지 않았다.

점심시간이 끝나고 반 전체가 둥근 매트에 둘러앉아야 했다.
이 매트는 특별한 일이 있을 때만 둘러앉는다. 이를테면 누군
가의 생일을 맞거나, 함께 얘기해야 하는 중요한 일이 있을 때
말이다.

콘라드는 손목을 삐었을 뿐인데 비틀비틀 매트 쪽으로 와서

올레에게 기댔다. 다리를 다친 것도 아니고 굳이 절뚝거릴 이유는 없잖아.

"괜찮아? 많이 아파?"

벨라가 콘라드에게 말했다.

"응."

콘라드가 날 원망스럽게 바라봤다.

"넌 당해도 싸."

내가 팔짱을 끼며 말했다.

"레아!"

벵트 선생님의 목소리는 부드럽지 않았다.

"쟤가 손목을 삔 게 제 잘못은 아니잖아요. 저는 배만 때렸다고요."

벵트 선생님은 매서운 눈빛으로 나를 바라봤지만 정작 난 졸려 죽을 것 같았다. 당장이라도 쓰러져 한숨 자고 싶었다. 피를 흘려서 그런가 보다. 코가 아직 욱신거리고 콧구멍으로 삐져나온 휴지 뭉치가 빨갰다. 노아가 날 바라봤지만 난 눈길을 피했다.

벵트 선생님이 "흠" 하고 입을 떼자 콘라드가 말했다.

"전 아무 짓도 안 했어요. 제 파티에 부르려고 한 것뿐인데 레아가 갑자기 때렸다고요."

나는 아무 말도 안 했다. 말할 힘도 없었다.

"어제는 저를 때렸어요."

떠버리 올손이 말했다.

"우리 원래 담임 선생님이 쟤한테 잘하랬어요."

올레가 말했다.

"싸우는 건 레아 탓이 아니에요. 마음이 안 좋아서 싸우는 거예요."

노아는 동정하는 눈빛으로 날 쳐다봤다. 역겨웠다.

"레아는 왜 마음이 안 좋니?"

벤트 선생님이 물었다. 모두의 눈이 나에게 쏠렸다. 스물다섯 쌍의 눈이 날 가엾다는 듯 쳐다봤다. 콘라드는 여전히 부루퉁한 얼굴이었다.

"너희는 신경 꺼! 제발 나 좀 그냥 내버려 두란 말이야!"

나는 소리 지르며 교실을 뛰쳐나갔다. 벤트 선생님이 운동장까지 쫓아왔다. 하지만 나를 따라잡진 못했다.

31호 병동

입원한 사람에게는 꽃을 꼭 바쳐야 한다는 규칙이 있다. 꽃을 사려면 돈이 든다. 돈은 나한테 절대 없는 것이다. 일주일치 용돈은 받자마자 다 써 버린다. 하지만 다행히도 나는 병원에 있는 꽃가게 아저씨와 아는 사이였다. 우리 외할머니가 꽃가게 단골이라서 아저씨는 나에게 살짝 시든 붉은 장미 한 송이를 공짜로 주고는 했다.

엘리베이터를 타고 3층 31호 병동으로 갔다. 엄마가 늘 누워 있는 곳이다. 가다가 시브 간호사 선생님을 만났다.

"레아, 안녕. 어머, 그런데 너 그게 무슨 꼴이니?"

"뭐가요?"

"얼굴이 온통 피투성이잖아."

"제가요?"

"누구랑 싸웠니?"

"콘라드랑요. 저랑 같은 반 애예요."

"못된 놈 같으니!"

시브 선생님이 이맛살을 찌푸렸다.

"아니에요. 걔 착해요. 제가 먼저 때렸어요."

"어쩌다가?"

"아무래도 저, 싸움암에 걸렸나 봐요."

"싸움암이라니, 심각한 것 같네."

"그러게요."

시브 선생님이 내 손바닥에 묻은 모래알을 떼어 내고 알코올을 솜에 묻혀 깨끗이 닦아 줬다. 상처에 솜이 닿을 때마다 따끔거려서 얼굴이 절로 찡그려졌다.

"다들 저를 불쌍한 애 취급하는데, 정말 짜증 나요! 그러는 자기들도 불쌍한 거 아니에요? 어차피 다들 죽을 텐데."

"그래서 싸우는 거니?"

나는 어깨를 으쓱했다. 나도 내가 왜 싸우는지 모르겠다. 다만 그러면 기분이 나아진다.

"아무튼, 상처에다 반창고를 붙여야 상처가 곪지 않아."

선생님이 내 손바닥에 반창고를 붙여 줬다.

"엄마가 걸린 암처럼 말이죠?"

"아니, 내 말은 싸움을 일으키는 분노가 네 마음도 아프게 한다는 거야."

시브 선생님이 내 가슴에 손을 얹으며 말했다.

병실에 들어가니 엄마는 잠들어 있었다. 때마침 옆 침대에는 아무도 없었다. 나는 시브 선생님한테 받아 온 꽃병에 장미를 꽂았다. 옆에는 훨씬 예쁜 꽃들이 담긴 꽃병이 하나 있었다. 외할머니가 왔다 간 게 틀림없다.

나는 보호자용 의자에 앉아 엄마가 깨기를 기다렸다. 엄마는 코에 호스를 꽂고 있었다. 집에 있는 것보다 좋은 호스였다. 그래서 엄마는 이따금 병원에 갔다. 숨을 쉬기 위해 그리고 잠을 자기 위해.

이렇게 보면 엄마는 하나도 안 아픈 사람처럼 보였다. 코에 호스만 없다면 말이다. 이전보다 머리카락이 조금 자라기도 했다.

엄마가 숨을 들이쉬고 내쉬었다.

숨쉬기를 멈추면 죽는다.

"레아야. 얼마나 있었니?"

엄마가 빙긋 웃었다.

"한참요. 깨우기 싫었거든요."

나는 엄마 이불 속으로 파고들었다. 병원 침대에서는 특이한 냄새가 났다. 엄마도 여기선 평소와 다른 냄새가 난다.

"혼자 온 거야?"

"네."

나는 평소와 다름없는 목소리로 대답했다.

"학교는 어때?"

"잘 다녀요."

"진짜?"

나는 고개를 끄덕였다. 우리 둘은 잠시 아무 말도 하지 않았다. 나는 침대 리모컨을 누르며 몇 차례 올렸다 내렸다 했다.

"노아는 잘 지내니? 이제 화해했어?"

나는 고개를 저었다. 그 바람에 머리카락이 날리며 엄마를 툭툭 쳤다. 엄마가 머리 끈을 풀어서 머리 매무새를 가다듬어 주었다. 그걸 제대로 해 주는 사람은 엄마밖에 없다. 안 아프고 깔끔했다. 나는 눈을 감았다.

나랑 노아는 반에서 머리가 가장 길다. 실은 전교에서 가장 길다. 우리는 절대 머리카락을 자르지 않기로 약속했다. 노아는 살살 빗질한 밝은색이고, 나는 벅벅 빗질한 어두운색 머리다. 우리는 헤어스타일이 늘 똑같았다. 노아가 내 머리를, 내가 노아의 머리를 만져 줬다. 우리 사이가 틀어지기 전에는 그랬다. 묶고, 땋고, 풀고…… 하지만 우리가 싸운 뒤로 나는 한

갈래로 묶기만 했다. 게다가 엄마가 입원한 다음부터 나는 빗질도 안 해서 머리가 덥수룩했다.

얼마간은 엄마가 빗질을 해 줄 수 있을 것이다. 나는 엄마가 내 머리를 만져 줄 때가 가장 행복하다.

눈을 감으면 병원 침대에 누워 있다는 것을 잊어버릴 수 있었다. 눈을 감으면 모든 게 여느 때랑 다름없고 엄마도 다른 엄마들처럼 건강하다고 여길 수 있었다.

"오늘은 뭐 할 거니?"

엄마가 내 머리카락을 땋아 주면서 물었다.

"별거 없어요. 엄마는요?"

"엄마는 엑스레이도 찍고 이런저런 검사도 받아야 된단다."

"집에는 언제 와요?"

"며칠 지나면."

"엄마랑 얼른 우리 집에서 지냈으면 좋겠어요."

"나도 우리 딸이랑 함께 지냈으면 좋겠어."

그러고는 둘 다 말이 없었다. 병원은 다른 어느 곳보다도 얘길 나누기가 어려운 곳이다. 텅 빈 벽이 말을 모조리 삼키는 것 같았다.

우리 둘이 말없이 있는데 전화가 걸려왔다. 전화를 받으니 아빠의 걱정스러운 목소리가 들렸다.

엄마만 할 수 있어

"레아. 너 자꾸 이러면 안 돼."

아빠가 백미러로 나를 뚫어지게 봤다.

나는 울기 시작했다.

"엄마가 보고 싶었단 말이에요. 머리도 너무 형클어졌고요. 빗질은 엄마만 제대로 해 주잖아요."

아빠 눈동자에도 물기가 어리기 시작했다.

"녀석도……. 아빠가 빗어 줄게."

"싫어요. 아빠는 할 줄 모르잖아요."

나는 계속해서 울며 말했다.

"배우면 되지."

"아뇨. 엄마만 할 수 있어요."

나한테 무슨 문제가 있나 보다. 처음에는 전혀 울 수가 없었는데 이제는 우는 걸 멈출 수 없다. 눈물이 마구 쏟아졌다.

"녀석도. 아까 벵트 선생님한테 전화 받고 아빠가 얼마나 놀랐는지 알아? 친구랑은 왜 싸운 거야?"

"그냥……. 나도 잘 모르겠어요."

"싸운다고 나아지는 건 없단다."

"그렇겠죠. 그래도 기분은 훨씬 좋아져요."

"아빠한테 한번 덤벼도 돼."

아빠는 애써 미소를 지어 보였다.

"싫어요. 그냥 엄마가 얼른 건강을 되찾았으면 좋겠어요."

"그건 우리 모두가 바라는 일이지."

우리는 병원 주차장을 빠져나갔다.

집에 도착하기 전까지 빨간 차 아홉 대를 보면 엄마가 건강해질 수 있을 거라고 믿었다. 9는 내 행운의 숫자이니까. 하지만 행운은 없나 보다.

치료

———◆———

내 싸움암은 루카스 오빠가 특효약이다. 오빠는 막무가내로 내 방으로 성큼성큼 들어와서는 나를 방바닥에 내동댕이쳤다. 그러고는 날 세게 꽉 잡고 내 얼굴에 불평을 쏟아 냈다.

무겁고 숨쉬기도 힘들었다. 죽을 것 같았다.

"뭐야, 이거 놔!"

나는 소리를 질렀다.

오빠는 검은 눈동자로 날 보더니 침을 쓰윽 들이마셨다.

"너, 미친 짓 좀 그만하고 다녀. 엄마랑 아빠가 너 때문에 더 속상해하시잖아. 너만 불쌍한 척하지 마."

그제야 날 놔주고 자기 방으로 돌아갔다.

나는 그대로 바닥에 누워 있었다. 누워 있다 보니 곧 말짱해졌다. 엄마가 나 때문에 더 속상해할 리 없다. 치료를 받느라

지친 것일 뿐이다.

아빠랑 외할아버지는 엄마가 거실에서 잘 수 있도록 위층에서 침대를 들고 내려왔다. 엄마는 더 이상 계단을 올라갈 수 없었다.

아무도 제대로 말해 주지 않았지만, 엄마가 내가 어른이 될 때까지 버티지 못할 거라는 생각이 슬슬 들었다. 부엌에서 펑펑 우는 아빠와 외할머니를 보면 알 수 있다.

"어미가 돼서 이런 일을 겪으면 안 되는데."

외할머니는 고기를 다지다가 눈물을 떨궜다.

"고기 경단이 좀 짜다면 미안하구나. 내 눈물이 양념처럼 들어갔거든."

저녁 식사 자리에서 외할머니가 말했다.

"엄마, 여기는 뭐 하러 오신 거예요. 괜히 제 속만 긁을 거면서."

엄마가 외할머니를 보며 정색을 하고 말했다.

"그냥 도와주려는 것뿐이잖니."

외할머니는 화장실에 들어가 문을 잠갔다.

외할머니는 굉장히 성가시다. 아빠는 외할머니가 우리 집에 아예 안 오길 바랐다. 하지만 오빠는 생각이 다르다. 외할머니는 손주들을 다 사랑한다고 말은 하지만, 제일 아끼는 손자인 오빠한테는 뭐든 달라는 대로 다 준다. 이를테면 돈. 난 한 번도 받은 적이 없다.

엎친 데 덮친 격으로 외할머니뿐만 아니라 엄마 친구들까지 다 우리 집에 왔다. 엄마랑 굉장히 친한 친구인 소피아 아줌마도 스톡홀름에서 찾아왔다. 딸도 데리고 왔는데, 이름은 세스틴이고 오빠랑 절친이다. 둘은 음악, 영화뿐 아니라 모두 같은 걸 좋아한다. 오빠는 스톡홀름에 가서 살기를 꿈꾼다. 고등학교도 거기로 지원했다. 그럼 이제 누가 나를 방바닥에 내동댕이치거나 약을 올려서 미치게 만들까?

오빠가 나가면 오빠 방은 내가 차지할 생각이다. 오빠 방 창문에서는 길거리가 보이지 않는다. 그럼 나는 매일 창가에 서서 노아가 자전거를 타고 우리 집 앞을 지나가는지 확인하지 않아도 될 것이다. 노아가 날마다 똑같은 시간에 지나갔다면 이렇게 창가에 오래 서 있지 않아도 됐을 텐데.

오늘도 오랜 시간 기다려야 할 것 같다.

엄마랑 소피아 아줌마는 늦게까지 포도주를 마시며 학창 시

절 추억을 이야기했다. 엄마는 소피아 아줌마랑 있으면 완
전히 딴 사람이 된다. 두 사람은 웃다가 울거나 울다가 웃었다.

　실은 꽤나 거슬렸다. 아빠는 기회를 엿봐서 친구들을 만나러
나갔다. 나만 만나러 나갈 친구가 없다.

　엄마에게 손님이 오면 나는 주로 계단에 앉아 무슨 이야기를
하는지 듣는다. 아무한테도 안 보이게. 유령처럼.

나는 우리 집에 찾아오는 사람들이 싫다. 그런데 엄마는 아니다. 주변에 사람이 가득한 걸 좋아한다.

나 혼자 엄마를 독차지하고 싶은데 엄마는 왜 그걸 이해 못하는 걸까?

밤에

———◆———

오줌이 마려워서 한밤중에 깨고 말았다. 아래층에서 엄마 목소리가 들려 거실로 살금살금 내려갔다. 엄마는 휴대 전화를 들고 책을 읽고 있었다. 작은 스탠드가 엄마를 비추고 있었다. 나는 한참 동안 엄마 목소리에 귀를 기울였다. 들어 본 적 없는 내용이었다.

엄마는 책을 읽는 걸 잠깐 멈추더니 물 한 모금을 마셨다.

내 발밑 마루가 삐걱거리는 소리에 엄마가 고개를 돌렸다.

"아직 안 잤니?"

나는 고개를 끄덕이며 엄마 곁에 앉았다.

"뭐 읽어요?"

"청소년 로맨스 소설. 엄마가 어릴 때 좋아하던 책이야."

엄마가 표지를 보여 줬다. 재미없을 것 같았다.

엄마는 책이 살아 있는 물건이라도 되는 것처럼 쓰다듬었다.

"엄마가 가장 불행했을 때, 이 책이 엄마를 구해 줬거든. 엄마가 열네 살이었을 때, 그 누구도 엄마를 이해해 주지 못한다고 생각했어. 그런데 이 책만은 이해해 줬단다."

엄마는 눈에 눈물이 그렁그렁 맺혀 곧 울 것만 같았다.

"근데 그걸 왜 읽고 있어요?"

나는 엄마 이불 속으로 기어들어 가 내 차가운 발을 엄마의 따뜻한 다리 사이에 끼웠다.

"너한테 읽어 주려고. 아직은 너무 어리지만 중학생쯤 되면 모든 게 끔찍하고 아무도 널 이해하지 못한다는 느낌이 들 텐데, 그때 이걸 같이 보자꾸나. 그럼 내가 널 이해한다는 걸 너도 알 거란다."

"얼마나 더 크면 되는데요?"

"한 10센티미터쯤 더 크면 될걸."

엄마는 웃음을 지었다.

"내가 로맨스 소설 안 좋아하는 거 알면서. 말들이 나오는 얘기나 판타지가 좋다고요."

"누구든 바뀌기 마련이란다. 엄마는 네가 엄청, 엄청 많이 사랑을 받고 살아갔으면 좋겠어."

"책 더 읽어 주세요."

나는 졸린 눈으로 말했다.

엄마는 휴대 전화를 켜고 책을 마저 읽어 나갔다.

눈을 뜨니 나는 내 침대에 누워 있었다. 아빠가 나를 옮겨 놨나 보다. 우리가 아침을 먹는 동안 엄마는 잤다. 아빠는 아침을 먹는 내내 꾸벅꾸벅 졸았다. 아빠는 오빠랑 내가 집을 나설 때까지도 잠옷 차림이었다. 다시 말해 아빠가 출근하지 않고 엄마랑 집에 같이 있는 날이라는 뜻이었다.

"아빠도 일하러 안 가는데 나는 왜 집에 있으면 안 돼?"

"너는 좀 멍청하니까. 엄마랑 아빠도 둘만 함께 보낼 시간이 있어야 한다는 생각 안 드냐? 그럼 엄마도 좀 편하게 있을 수 있잖아."

"뭐가 편한 건데?"

"속상하고 애타는 모습을 우리한테 안 보여 줘도 된다고."

아베 오빠가 버스 정류장에서 오빠를 기다리고 있었다. 평소에는 이 둘과 잘 어울리지 않지만 오늘은 함께 등교하기로 했다. 자전거를 타고 우릴 지나가는 노아를 보고 절로 웃음이 나왔다. 노아는 등을 돌려 우릴 보더니 살짝 비틀댔다.

나는 그냥 장난삼아 아베 오빠 손을 잡았다.

다행히도 아베 오빠가 손을 빼고 우리 오빠가 날 밀치는 모습을 노아는 보지 못했다.

그 이후로 나는 혼자 학교에 가야 했다. 잊어버리지 말고 아빠한테 내 자전거 바퀴에 난 구멍 좀 때워 달라고 부탁해야겠다.

부활절

———◆———

현관문 밖에 식료품 봉투가 있었다. 그리고 그 안에는 부활절 달걀 모양 통이 들어 있었다.

부활절 달걀 보물찾기는 이미 끝났지만, 이 통도 내게 온 선물이었다. 어릴 땐 정말로 부활절 토끼가 와서 부활절 달걀을 숨기고 가는 줄 알았다.

이젠 엄마와 아빠가 숨긴다는 걸 알고 있다. 참 유치하다.

달걀 모양의 통은 단것으로 꽉 차 있었다. 내가 좋아하는 것만 가득하고 아빠가 좋아하는 건 하나도 없었다. 이를테면 프랄린 초콜릿이라든가 맛대가리 없는 콩젤리 같은 거.

노아가 보낸 선물이라는 생각이 딱 들었다. 우리는 항상 서로서로 부활절 달걀을 주고받았는데, 나는 올해 노아에게 주지 않았다.

처음에는 버려야겠다는 생각이 들었다. 하지만 환경을 아끼려면 음식을 버리면 안 된다. 단것도 음식이니까…….

아무래도 나는 환경 메달을 받아야 할 것 같다. 먹기 싫은 음식도 다 먹어 치우니까. 아빠한테 받은 프랄린 초콜릿이랑 콩젤리는 부활절 동안 우리 집에 들른 친할아버지한테 드렸다. 친할아버지랑 나는 카드놀이도 하고 영화관에 가서 영화도 봤다.

정말 지루한 부활절 연휴였다.

노아 탐지기

나디아 아줌마는 거의 날마다 우리 집에 들렀다. 가끔은 노아도 따라왔다. 길거리를 지켜보는 건 꽤 스트레스 받는 일이었다. 그래도 다행히 나에게 노아 탐지기가 달려 있어 제때 알마 할머니 집으로 대피할 수 있었다. 그런데 오늘 밤은 탐지기가 고장 났나 보다. 이게 다 오빠 탓이다. 오빠는 오늘따라 유별나게 저기압이라서 그런지 내가 자기 충전기를 훔쳐 갔다며 화를 냈다. 내가 안 갖고 갔는데.

"내가 한번 오빠 서랍을 뒤져 볼게."

오빠가 내 서랍을 다 열어 보고, 의자에 걸쳐 놓았던 내 옷가지도 다 방바닥에 던져 놓고, 책상 위 종이를 어질러 놓았기에 나는 최대한 나긋나긋 말했다.

"또 내 방에 들어오면 너 혼쭐날 줄 알아."

오빠는 퉁명스럽게 말하고는 방문을 쾅 닫고 화장실로 갔다.

생명의 위험을 무릅쓰고 나는 오빠 방으로 슬쩍 들어갔다. 충전기는 침대 베개 밑에 깔려 있었다. 나는 그걸 베개 위에 올려놓고는 내 방으로 돌아가려는데, 거실 쪽에서 나디아 아줌마와 노아의 말소리가 들렸다.

내 방에 들어가려는 찰나, 노아가 계단을 반쯤 올라오는 모습을 발견하고 나는 다시 오빠 방으로 잽싸게 들어갔다. 오빠 방은 노아가 절대 안 오는 안전한 곳이다. 문틈으로 노아가 내 방에 들어가는 게 보였고, 동시에 화장실에서 물을 내리는 소리가 들렸다. 나는 오빠 침대 밑으로 기어들어 갔다. 내가 여기 있는 걸 절대로 들키면 안 된다. 적어도 오늘은 안 된다. 오빠가 너무 열이 받아 있어서 날 어떻게 할지도 모르니까.

다행히 나는 먼지랑 곰팡이 같은 역겨운 것들에 알레르기가 없다. 침대 밑에는 양말, 분명히 더러울 팬티, 곰팡이 핀 사과씨, 빈 과자 봉지, 썩어 가는 팝콘, 사탕 껍질, 정체불명의 남은 음식 두 접시 따위가 있었다.

오빠가 눕자 침대가 삐걱거렸다. 나는 숨 쉴 엄두도 못 냈다. 오빠가 휴대 전화로 통화 중이라서 숨소리도 내지 못했다.

침대 밑에 누워 있으면 아무리 엿듣기 싫어도 통화 내용을 엿들을 수밖에 없다. 오빠는 세스틴 언니랑 통화 중이었다. 목소

리만 들어도 딱 알 수 있었다. 세스틴 언니가 여자 친구랑 헤어졌다는 오빠를 달래고 있었다. 오빠한테 여자 친구가 있었는지도 몰랐는데!

통화가 길어져서 오빠가 어떤 사람인지 더 많은 것을 알 수 있길 바랐는데, 그럴 수가 없었다. 둘은 애깃거리가 연애밖에 없나 보다. 지겨워 죽겠다.

오빠는 전화를 끊고 기타를 치며 똑같은 노래를 끝도 없이 불렀다. 더럽게 재미없는 실연 노래였다. 내가 차라리 귀머거리였으면 좋겠다. 침대 밑에서 기어 나가기 일보 직전이었다. 그런 노래를 듣고 있느니 한 대 맞는 게 나았다.

한 가지 확실한 건, 나는 사랑이 뭔지 모르겠다는 것이다. 딱히 불행하진 않다.

마침내 한참의 시간이 지나고야 아빠가 밥을 차렸다며 우리를 불렀다. 오빠가 한숨을 쉬며 방을 나갔다. 나는 겨우 살금살금 기어 나올 수 있었다. 오줌을 너무 오래 참았다가 누니까 배가 아팠다. 나는 거울을 보고 꽥 소리를 질렀다. 침대 밑에 하도 오래 누워 있다 나와서 그런지 머리칼이 잿빛으로 변해 있었다. 근데 가만 보니 먼지가 묻은 것뿐이었다.

나는 아무도 모르게 슬쩍 집 밖으로 나와서는 마치 방금 집에 온 것처럼 현관문을 두드렸다.

"어딜 갔다 온 거야?"

아빠가 화 난 목소리로 물었다.

"빌마네요."

나는 거짓말을 했다. 사실대로 말할 수가 없었다.

"축구부 빌마 말하는 거니?"

아직 화가 가라앉지 않은 목소리였다. 아빠는 내가 친구들하고 제대로 어울리지 못한다고 생각한다.

나는 고개를 끄덕이며 음식을 입에 쑤셔 넣었다. 입안에 음식이 가득 차면 질문이 쏟아져도 대답할 수 없으니까.

초대

"잘 지냈니?"

복도에서 포스터를 읽는 나를 보더니 안나 선생님이 물었다. 포스터에는 6학년이 준비한 디스코 파티가 이번 주 금요일에 학교에서 열린다는 내용이 적혀 있었다.

"잘 지내요. 엄마한테 휠체어가 생겼어요. 엄마랑 학교 끝나고 산책 나갈 거예요."

"좋겠구나."

안나 선생님이 나에게 미소를 지었다.

"네. 근데 휠체어 미는 게 꽤 힘들어요."

곁눈질로 보니 노아, 빌마, 벨라가 우리 대화를 듣고 있었다.

"네가 씩씩해서 다행이구나. 힘들면 노아한테 밀어 달라고 부탁하면 되겠네."

등 뒤에서 노아가 미소 짓는 게 느껴졌다.

"아뇨. 엄마하고만 있을 때가 더 좋아요."

마음속 깊숙한 곳에서는 나도 내가 말도 안 되는 생각을 하고 있다는 걸 알고 있었다. 하지만 모든 게 노아의 잘못이라는 느낌이 들었다. 엄마가 암에 걸리고 내 속이 뒤집히는, 그 모든 게. 내가 노아를 미워하는 걸 잊어버리면 엄마가 죽을지도 모른다.

"레아, 너도 디스코 파티에 올 거지?"

안나 선생님이 말했다.

"잘 모르겠어요."

"와 줘라. 선생님을 봐서라도."

"날 봐서도."

이렇게 말하는 콘라드는 귓가가 발그레했다.

내 귓가도 발그레해졌다.

콘라드는 아마 내가 아는 사람 중에서 가장 착할 거다. 나한테 맞았는데도 다행히 계속 나와 친구로 지내고 싶어 했다.

안나 선생님은 콘라드에게 격려의 미소를 보냈다.

"지난번에 제 파티에 레아가 안 왔었거든요. 우리 반 애들이 다 오면 더 재밌잖아요."

"선생님 생각도 그렇단다."

"난 춤추는 거 싫은데."

"내가 가르쳐 줄게. 나 춤 완전 잘 추거든."

내가 망설이자 콘라드가 말했다.

"나도."

올레가 말했다.

그러더니 콘라드와 올레가 함께 춤을 추기 시작했다.

"알았어."

떠버리 올손과 벨라가 나랑 콘라드를 보고 킥킥거리는 것이 듣기 싫어서 나온 대답이었다. 도대체 뭐가 웃긴 건지 하나도 모르겠다. 하지만 무엇보다 귓가가 발그레한 채로 복도에 서 있기 싫었다.

그리고 나는 탈의실에 제일 먼저 가고 싶었다. 제일 먼저 가면 옷을 갈아입을 때 딴 애들을 마주치지 않아도 되니까. 탈의실에는 선생님이 없어서 누군가 내가 듣기 싫은 얘기를 꺼내도 막아 줄 사람이 없다. 예를 들어, 왜 축구를 그만뒀는지 같은 얘기라든가.

축구부 애들뿐만 아니라 하세 감독님도 못해도 일주일에 한 번씩은 나한테 전화를 걸어서 잔소리를 해 댔다. 나는 귓등으로도 안 듣고 대꾸도 안 했다. 왜 다들 나를 가만히 내버려 두지 않는 걸까?

　체육 시간에 우리 반은 농구를 했다. 나랑 노아는 어쩌다 같
은 편이 됐다. 노아가 패스하는 공을 받아 내가 골대에 넣었다.
나는 그간의 일은 잊은 채 노아에게 미소를 지었다. 서로 하이
파이브도 하고 나서야 우리 사이에 있었던 일이 떠올랐다.

온종일 노아의 따뜻한 손바닥이 느껴졌다. 이렇게 외로운 느낌이 든 적도 없었다.

종일 체육만 했으면 좋겠다. 밤새도록.

운동을 할 때는 그 어떤 생각에도 빠지지 않을 수 있다.

봄

———◇———

"봄 냄새가 나는 것 같지 않니?"

엄마가 햇살에 눈을 감았다.

"개똥 냄새는 나네요."

나는 소시지처럼 길쭉한 걸 가리켰다.

"랑나르가 그런 게 아니다. 무심한 개 주인들 때문에 화가 나는구나."

알마 할머니는 화를 내며 앞마당 나뭇잎을 긁어모았다.

"할머님, 그런 걸로 화내지 마세요. 더 심한 일도 많잖아요."

"맞구나. 그리 슬기롭게 생각해야겠어."

할머니가 웃음을 지었다.

"암에 걸리면 지혜를 얻죠. 이 지랄 맞은 병의 유일한 장점이라고 할 수 있을 거예요."

"그러게 말이다. 인생은 참 불공평해."

할머니는 애처로운 얼굴로 고개를 숙였다.

"맞아요. 제가 보장할 수 있다니까요."

나는 서둘러 휠체어를 끌고 자리를 떴다. 나는 사람들이 엄마를 애처롭게 쳐다보며 고개를 숙이는 게 싫었다.

엄마는 공원에 가고 싶어 했다. 그리 멀지도 않은데 공원에 도착하니 온몸이 땀범벅이었다. 휠체어는 참 밀기 어렵다.

엄마와 함께 놀이터에 온 것은 오랜만이다. 주로 노아와 함께 놀이터를 왔다. 아니 왔었다. 우리 사이가 틀어지기 전에.

공원은 여름이면 소풍 나온 사람들로 가득하고 겨울이면 비탈길에서 눈썰매를 탈 수 있다. 그것도 눈이 와야 가능했지만. 엄마랑 아빠가 어렸을 때는 겨울이 길고 거의 항상 눈이 내렸다고 한다. 어쨌든 어른들은 항상 그런 식으로 말한다. 어른들 얘기만 들으면, 모든 것이 어른들 어린 시절에 더 좋았던 것처럼 들린다. 그리고 어른들은 어려서부터 남들도 잘 돕고 방 청소도 잘했던 것 같다.

"저기 앉아서 아이들이 노는 것 좀 보고 싶구나."

엄마가 놀이터 구석 벤치를 가리켰다.

나는 엄마랑 벤치에 앉았다. 형광 조끼를 입은 유치원 애들이 모래를 파며 놀고 있었고, 나무에서는 검은지빠귀들이 울고 있었다.

"들리니?"

엄마가 빙긋 웃었다.

"네, 정말 봄의 소리 같아요."

"여길 오니 추억이 떠오르는구나."

엄마는 꿈꾸듯이 말하며 내 몸에 팔을 둘렀다.

"얘기해 주세요! 내가 어렸을 때 얘기요."

나는 엄마 어깨에 머리를 기댔다.

"여기가 바로 노아랑 노아 엄마를 처음 만난 곳이야. 네가 모종삽으로 노아 머리를 때렸었지. 노아는 엄청 놀랐는데, 잠시 후에 너를 껴안고 콧물을 문지르며 뽀뽀를 해 댔어."

"노아는 싸움을 잘하는 애가 아니라서 그래요."

나는 노아가 너무 그리워서 까무러칠 지경이었다. 노아를 미워하지 않아도 됐던 시절이 그리웠다.

"그 후로 너희는 둘도 없는 단짝이 됐어. 나디아 아줌마와 엄마도 그렇고. 엄마가 여기 와서 처음 사귄 친구였거든."

나는 아무 말도 하지 않았다. 엄마가 왜 그런 얘길 하는지 너무나 잘 아니까.

"다신 안 볼 생각이니?"

"누구요?"

나는 모르는 척했다.

"엄마는 노아가 보고 싶구나. 너도 노아가 보고 싶잖아. 엄마는 다 알아."

"왜 맨날 걔 얘기만 해요? 저 어렸을 때 얘기나 해 주세요."

뚱한 얼굴로 말했다.

"노아 얘길 안 꺼내기 힘들어. 너희는 늘 붙어 다녔잖니."

그건 엄마 말이 맞다. 노아는 나를 따라 심심찮게 우리 외가 댁에 놀러 가기도 했다. 나도 노아를 따라 노아네 외가댁에 놀러 갔는데, 노아 외할아버지와 외할머니랑 산에도 올라간 적이 있다. 나디아 아줌마한테는 스노보드 타는 법도 배웠다. 우리 엄마랑 아빠는 스키보다는 수영을 즐기는 편이었다. 특히 아빠가 수영을 잘해서 주말에 축구 연습이 없을 때면 우리는 수영장에 갔다. 그러면 노아도 늘 따라왔었다.

그때 한 꼬마 아이가 다가오더니 입을 헤 벌리고 서서 엄마를 멍하니 쳐다봤다. 나도 그 애를 가만히 바라봤다. 코에서 누런 콧물이 흘러내려 혓바닥에 닿기 직전이었다.

"안녕. 이름이 뭐니?"

엄마가 웃으며 물었다.

꼬마는 대답도 없이 쳐다보기만 했다.

"아줌마는 코에 왜 그런 게 달려 있어요?"
마침내 입을 열더니 엄마 코의 호스를 가리켰다.
"그러는 너는 왜 코를 흘리냐?"
내가 물었다.
"그러면 숨쉬기가 더 쉽거든. 와서 한번 볼래?"
엄마는 그 꼬마한테 산소 호흡기를 보여 줬다.

엄마는 외출할 때면 휴대용 산소 호흡기를 달고 다녔다. 집에는 더 큰 게 있다.

"아하."

꼬마는 코를 훌쩍이더니 계속 빤히 호스를 쳐다봤다. 난 꼬마한테 돌멩이라도 던지고 싶었다. 다행히 유치원 선생님이 꼬마를 데리러 왔다. 아니면 난 정말 돌을 던질 뻔했다.

"죄송해요."

유치원 선생님이 사과를 하고 코흘리개를 끌고 갔다.

"레아야. 네 생각을 말하는 걸 절대 두려워하지 말거라. 그 어떤 것도 겁내지 마. 그럴 시간이 없거든."

엄마가 내게 말했다.

"엄마는 아무것도 안 두려워요?"

"그런 건 아니지."

아무래도 우리는 똑같은 걸 두려워하고 있는 것 같다.

뼛가루 한 숟갈

공원 꼭대기에는 커다란 밤나무가 한 그루 있는데, 엄마가 거기에 잠깐 가고 싶다고 했다. 나는 오르막길에서 엄마 휠체어 미는 걸 도와주겠다고 약속한 오빠한테 전화를 걸었다. 우리는 올라가는 내내 몹시 숨이 찼다. 엄마 휠체어에 모터라도 달아야 하나.

"여기. 너희가 여기다 내 뼛가루 한 숟갈을 묻어 줬으면 좋겠구나."

오빠랑 나는 휙 고개를 돌려 서로를 바라봤다.

"끔찍한 소리 같니?"

"네, 완전 소름끼쳐요."

숨이 좀 가빠졌다.

"여기는 참 근사한 곳이야. 너희가 엄마한테 하고 싶은 얘기가 생기면 언제든 여기 와서 터놓고 가면 돼. 엄마가 늘 여기서 귀를 기울이고 있을 테니까."

"그럴게요."

오빠의 목젖이 물고기가 걸린 낚시찌처럼 움찔거렸다.

"약속해 주겠니?"

"알았어요."

"그럼 나머지는 어디 둬요?"

"공동묘지에 두지. 근데 거기까지 가기 번거롭잖아. 그러니 너희는 여기로 오면 돼."

엄마는 빙긋 웃으면서 흐뭇한 얼굴로 여기저기를 둘러봤다.

"엄마가 장소를 참 잘 고른 것 같아. 검은지빠귀랑 아이들의 목소리에 둘러싸여 있을 테니까 말이야."

"그런데 그게 엄마 귀인지 우리가 어떻게 알아요?"

내가 묻자 엄마와 오빠가 나를 이상하게 쳐다봤다.

"내 말은, 뼛가루 속에……."

내 얼굴이 달아오르는 게 느껴졌다. 두 사람은 나를 더 이상하게 쳐다보고 있었다.

"그러니까 엄마가 저희 얘길 들을 수 있다면……"

내가 이 세상에서 가장 멍청한 것처럼 느껴졌다.

바보처럼 보이는 건 정말 싫다. 특히 오빠 앞에서는.

엄마 한 숟갈

내 방 벽이 스피커 소리에 웅웅 울린다. 오빠는 기분이 나쁘
거나 슬플 때 음악을 크게 틀곤 했다.

나는 부엌으로 내려가 식기 서랍에서 숟가락을 하나 꺼냈다.
그러고서 뒤뜰로 나갔다. 흙 한 숟갈은 별로 많지 않았다.

엄마 한 숟갈도 같은 빛깔일지 궁금했다.

디스코 파티

---◆---

엄마가 단호한 눈빛으로 나를 바라봤다.

"네가 빠지면 안 되지!"

"네가 디스코 파티 여왕이 될 거야."

아빠가 내 외투를 들고 현관 앞에서 말했다. 아빠가 학교까지 날 태워다 주기로 약속했다.

"그러죠 뭐."

가기 싫었지만 나는 하는 수 없이 간다고 말하며 거울을 바라봤다. 엄마가 내 머리를 왕관처럼 땋아 줬고, 카디건 밑에는 가장 예쁜 셔츠를 받쳐 입었다.

"재밌게 놀다 와."

아빠가 교문 밖에 날 내려 주고 떠나자 후회가 밀려왔다.

6학년 헤르만에게 20크로나(한화로 약 2500원)를 건네자 카이가 내 손에 도장을 찍어 주었다. 메리 크리스마스가 빨간 글씨로 적혀 있었다. 나는 외투와 카디건을 벗어 식당 밖 복도에 걸어 놓았다. 복도에는 이미 외투가 수북이 걸려 있었고 사탕, 초콜릿, 청량음료 등을 파는 탁자가 줄지어 놓여 있었다.

나는 숨을 깊게 들이쉬고 안으로 들어갔다. 엄청 멋졌다. 천장에서 전등이 형형색색으로 빛나고 있었고, 디스코 볼이 내뿜는 번쩍번쩍한 불빛 속에서 애들이 춤을 추고 있었다. 방과 후 학교에서 아르바이트를 하는 니세도 멋진 옷을 입고 크게 틀어 놓은 음악에 맞춰 춤추며 무대 곳곳을 방방 뛰어다녔다.

나는 벽에 쭉 늘어서 있는 탁자 중 하나에 앉아서 애들이 노는 모습을 지켜봤다.

"너는 춤 안 추니?"

어떤 학부모가 와서 내 옆에 앉으며 물었다. 말소리가 안 들릴 정도로 음악이 너무 시끄러워서 소리를 지르는 것 같았다.

나는 고개를 끄덕였다. 춤은 절대 추고 싶지 않다. 집에 가고 싶은데 그럼 엄마 아빠가 실망하겠지. 내가 드디어 알마 할머니네 말고도 다른 곳으로 놀러 간다며 기뻐했는데.

게다가 노아가 벨라, 떠버리 올손, 아일라, 빌마 등 반 친구들과 춤추는 꼴을 보니 더욱 집에 가고 싶어졌다. 쟤는 왜 저렇게 신나게 노는 거야? 말도 안 돼! 축구도 하고 춤도 추고 친구들하고도 잘 노네. 나는 벽에 아예 착 달라붙었다. 춤추는 애들과 부모들한테서 더 멀어지도록 어기적거리며 창가로 가서 커튼 뒤에 쏙 들어갔다.

"야, 너는 왜 여기 숨는 거야?"

먼저 와 있던 바르토가 물었다.

"다 꼴 보기 싫어서. 너는?"

"올손이랑 벨라 때문에. 걔네 정말 짜증 나."

바르토는 사탕 봉지에서 사탕 하나를 꺼내 입에 욱여넣었다.

"맞아. 걔들만큼 성가신 애들도 없지."

"어쩔 땐 괜히 우리 집 밖에 서서 날 부른다니까. 스토킹은 범죄라고."

"벨라랑 올손이 또 너네 집 앞에 찾아오면 물 한 바가지라도 확 뿌려 버리거나 물총으로 갈겨 버려."

바르토는 날 존경한다는 듯한 눈빛으로 보더니 사탕 봉지에 손을 뻗어 나에게도 사탕 하나를 주었다.

"레몬 맛이네. 고마워."

"춤 좋아해?"

"별로. 너는?"

"나도 싫어."

바르토가 대답하며 사탕 하나를 더 줬다.

"나랑 똑같네. 정말이지 왜 다들 우리를 가만히 내버려 두지 않는 거야."

"이렇게 커튼 뒤에 앉아 있지 않는 이상 말이야."

바르토가 그렇게 말하며 환하게 웃었다.

갑자기 나는 바르토가 굉장히 좋아졌다. 바르토는 내가 생각 했던 것처럼 재수 없는 애가 아니었다.

디스코 파티가 끝났는지 평소처럼 환한 불이 켜졌다. 커튼 뒤에 얼마나 있었는지 모르겠다. 우리가 커튼 뒤에서 기어 나오는 모습을 벨라가 놀란 눈으로 쳐다봤다. 그리고 동시에 시무룩해 지고 울상이 됐다. 나는 그런 벨라를 향해 빙긋 웃어 주었다.

"안녕. 또 봐."

바르토가 가 버렸다.

"레아, 너도 디스코 파티에 온 줄 몰랐어."

콘라드가 말했다.

"커튼 뒤에 앉아 있었거든."

콘라드는 놀란 듯했다.

"왜?"

"레아 쟤 바르토랑 저기 앉아 있었다니까."

떠버리 올손이 고자질하듯 말했다. 내가 해서는 안 될 일이 라도 한 것처럼.

"뭐? 너 바르토 알아?"

빌마가 물었다.

"응. 우린 절친 같은 거야."

나는 미소를 지었다.

노아는 웃음기 없이 복도로 나가서 외투를 걸쳤다. 우리는 서로 조금 떨어져서 차를 기다렸다. 우리 아빠가 먼저 도착했다. 나는 뒷좌석으로 휙 들어갔다.

내가 노아를 미워하기 전에는 우리 둘이 같은 차를 타고 집에 갔었다. 이제 노아는 나디아 아줌마를 기다려야 했다.

"재밌게 놀았니?"

아빠가 물었다.

"네, 엄청 재밌었어요. 이렇게 재밌는 파티는 처음이에요."

"춤도 많이 췄니?"

"아뇨. 커튼 뒤에 앉아 있었어요."

나 말고 다른 사람들은 그게 어떻게 디스코 파티에서 가장 즐거운 일이 될 수 있는 건지 이해하기 어려울 것이다.

아빠도 못 알아들은 것 같다.

대답하기 어려운 질문

---◆---

"엄마를 고를 수 있었다면 넌 어떤 사람을 고르겠니?"

여느 때처럼 학교에서 의미 없이 지겨운 하루를 보내고 돌아오자 엄마가 물었다. 콘라드와 올레랑 했던 구슬치기만 재미있었다.

"엄마요."

"엄마도 알지. 그런데 엄마 말고."

내가 아는 엄마들을 곰곰이 따져 봤다. 어렵다.

"나디아 아줌마요. 엄마랑 제일 비슷하거든요."

엄마는 흐뭇한 표정이었다.

"잘 골랐어! 엄마도 나디아를 내 엄마로 골랐을 거야."

"그럼 엄마는 저 말고 어떤 애를 딸로 고를 거예요?"

"얘가 완전히 미쳤구나. 엄마한테는 너밖에 없다고. 너, 너,

너! 너는 완벽한 딸들 중에서도 가장 완벽한 딸이야."

"늘 그렇진 않잖아요."

"아니. 엄마한텐 늘 그래."

"아뇨. 그냥 그래야 되니까 하는 소리잖아요."

나는 뾰로통하게 말했다.

"그럼 안나스티나로 하지 뭐."

"그게 누군데요?"

"엄마도 모르지. 근데 걔랑 놀면 재밌을 것 같구나."

때때로 나랑 엄마는 이러고 한참을 놀았다.

딱히 정답도 없는 바보 같은 질문들을 하면서.

알마 할머니

———◆———

알마 할머니는 진짜 자기 생일은 그냥 지나가면서 금요일은 꼭 생일처럼 지낸다. 매주 금요일마다 스펀지케이크를 굽고, 2주에 한 번은 돼지 간 파테를 바른 샌드위치를 차려 놓고 랑나르에게 생일 축하 노래를 불러 준다. 할머니는 특별한 금요일을 한 4천 번쯤 보냈다고 했다.

"할머니는 저랑 절친이에요. 나이가 많긴 하지만요."

나는 푸석한 스펀지케이크를 입에 꽉꽉 채워 넣었다.

알마 할머니는 최근에 내가 가장 자주 만나는 사람이다. 엄마나 노아 얘기도 안 꺼내고 내가 학교에서 잘 지내는지, 축구 연습은 빠지지 않았는지도 묻지 않는다.

스펀지케이크를 잔뜩 먹으며 우리는 퍼즐을 맞췄다. 할머니는 새로운 퍼즐을 가져왔다. 퍼즐 조각이 식탁을 온통 덮었다.

그런데 대부분 파란 하늘이다. 퍼즐만 쳐다보고 있으려니 지루해졌다.

"제가 랑나르 데리고 나갔다 올까요?"

"랑나르가 나가고 싶어 하면 그러려무나."

알마 할머니는 파란 하늘 조각 두 개를 간신히 맞췄다.

랑나르와 할머니는 하기 싫은 건 안 한다. 시간 낭비란다. 나도 특별한 금요일을 4천 번쯤 보내고, 하기 싫은 일은 안 해도 될 날을 손꼽아 기다린다. 나는 하기 싫은 일만 주로 하고 있다.

대개 랑나르는 동네 끝까지 찍으면 바로 집에 돌아가려 하는
데 오늘은 나를 따라 얌전히 산책길을 걸었다. 어쩌다 보니 노
아네 집 앞을 지나갔다. 자전거가 안 보였다.

노아가 어디 갔는지 궁금했다. 벨라랑 올손이랑 같이 있겠
지. 오늘은 축구를 안 하니까.

좋은 날

——◆——

엄마는 며칠간 잘 지냈다. 그래서 엄마는 웃고 떠들 수도 있고, 소파에 덮인 이불 밑에 으깬 감자처럼 누워서 뇌에 회색 귀리죽을 발라 놓은 양 축 처지지 않아도 된다고 했다. 무슨 말인지 이해는 안 가지만 엄마는 아플 때 그렇게 느낀다고 했다.

활기가 넘치는 엄마는 누구 생일도 아니지만 파티를 열겠다고 마음먹었다. 엄마의 병이 낫는 중인 걸까? 그럼 우리가 축하할 일은 분명하다. 엄마한테서 암이 사라지고 있는 것. 전에 그런 적이 있긴 하다. 사라졌다가 딴 자리에 다시 생겼지만. 지금은 암이 허파와 뼈에 자리를 잡고 있다.

엄마가 건강해질 날을 생각할수록 더욱 마음이 놓이고 행복해졌다. 노아랑 피구도 할 수 있다면 정말 좋겠다. 너무 신나서 개를 미워하는 것도 까먹을 지경이었다.

“내일 봐.”

금요일에 노아가 나한테 말했다.

“너희 뭐 할 거야?”

빌마가 물었다.

“파티에 가지.”

노아가 흡족한 얼굴로 활짝 웃었다. 나에게만 지어 보이는 미소였다. 나는 평소처럼 아무 말도 하지 않았다. 하지만 나도 굉장히 기뻤다.

자전거 타고 집에 오면서 만약 엄마가 건강해진다면 노아를 더 이상 미워하지 않아도 되겠다는 생각이 들었다. 그럼 우리 엄마가 죽는다고 했었던 노아의 말은 틀린 거니까. 얼른 엄마가 다 나아서 노아와 내가 다시 절친이 될 날이 왔으면 좋겠다.

파티

───◆───

    지난밤 세스틴 언니를 데리고 우리 집에 온 소피아 아줌마는 지금 엄마랑 함께 위층 욕실에 있다. 웃고 떠드는 소리가 문밖까지 흘러나왔다.

    문을 열려고 했지만 잠겨 있었다.

    엄마가 위층까지 올라갈 수 있다는 것은 엄마 건강이 나아지고 있다는 또 다른 신호다. 나는 엄마가 졸업식에 입고 가라고 사 준 옷을 입었다. 여름처럼 따사로운 기분이다. 엄마가 건강해진다니 너무 기쁘다. 노아랑도 다시 친구가 될 수 있어서 기쁘다.

    햇살은 밝게 빛났고 부엌에 먹을 것도 산더미였다. 부엌에서 아빠, 오빠, 세스틴 언니가 요리 중이었다. 나는 잔과 접시를 놓으며 상차림을 도왔다. 그러고서 위층으로 올라갔다.

열린 욕실 문틈 사이로 눈 주위를 검게 화장한 엄마의 얼굴이 보였다. 머리카락은 반짝거렸고 옅은 분홍색을 띄고 있었다. 나는 살짝 눈이 부셔 눈을 여러 차례 깜빡였다.

"뭐 한 거예요?"

나는 속삭였다.

"멋지지 않니?"

엄마는 거울에 비친 자신의 모습을 보며 방긋 웃었다.

나는 고개를 가로저었다. 엄마 머리를 보고 말문이 막혔다.

"엄마는 항상 머리를 분홍색으로 하고 싶었는데 여태 엄두도 못 냈지. 꿈도 못 꾸던 일을 저지른다는 게 얼마나 대단한지 레아, 너는 상상도 못 할 거야."

나는 엄마의 머리칼을 만져 보았다. 손이 따끔거렸다.

"엄마 꼭 분홍색 고슴도치 같아요."

엄마의 모습에 적응하려는데 잘 안 된다.

"엄마는 맘에 드는데. 자, 이제 네 차례야."

엄마가 내 머리를 빗기고 땋아 줬다. 내 머리카락은 엉덩이까지 왔다.

"머리가 참 많이 자랐구나."

"알아요. 자르려던 참인데."

"정말?"

엄마는 놀란 표정을 지었다.

"자르지 말까요?"

엄마는 거울을 통해 내 눈을 바라봤다.

"네 머리잖니. 네가 결정하면 돼. 뭐가 좋고 나쁜지, 옳고 그른지 딴 사람들이 정하게 놔두지 마. 엄마를 봐 봐. 서른일곱 살이 되어서야 내 뜻대로 머리를 분홍색으로 염색했잖아. 엄마는 다른 사람들 말을 듣다가 시도도 못 해 본 일들이 너무 많아. 아마 더 이상 시도해 보기도 어려울 거야."

내 안에서 타오르던 기쁨이 모두 꺼져 버렸다.

"엄마가 건강해져서 파티를 여는 거 아니었어요?"

엄마는 날 내려다보더니 고슴도치 같은 머리를 흔들었다.

"아가야, 아쉽지만 결코 병이 낫는 일은 없을 거야. 가능한 한 오래 버티려는 것뿐이지."

가슴이 아렸다. 이미 부서진 심장은 거의 뛰질 않았다. 나는 변기에 털썩 주저앉았다. 눈물이 내 새 옷을 푹 적셨다.

"우리 검은지빠귀."

엄마는 무릎을 꿇고서 양손으로 내 얼굴을 들어 올렸다. 손결이 따사하고 보드라웠다. 엄마 눈을 들여다봤다. 눈동자가 보라보라섬에서 봤던 바다 색과 똑같다. 사랑의 바다. 눈앞에 바다가 펼쳐질 날이 오지 않을 수도 있다는 것을 이해하려 했지만 잘 안 된다.

"엄마 사랑해요. 엄청 사랑한다고요!"

"그럼 엄마는 더 많이 사랑해!"

엄마가 킥킥댔다.

나는 오줌을 누고 찬물에 세수를 했다.

"이제 나갈까?"

엄마는 손을 내밀었다.

나는 엄마의 손을 잡았다.

아래층에서는 손님들이 웃고 떠들고 있었다.

엄마랑 내가 계단으로 내려오자 다들 입을 다물었다.

"이런, 요한나! 뭘 한 거니?"

외할머니가 손으로 눈을 가렸다.

외할머니는 분홍 머리를 좋아하지 않는 것 같다. 노아는 나디아 아줌마 옆에 서 있었는데, 나랑 옷이 똑같았다. 갑자기 옷이 엄청 구려 보이고 내가 노아를 미워한다는 걸 절대로 잊지 말아야겠다는 생각이 들었다.

나는 등을 돌려 위로 올라가 방문을 잠그고 싶었다. 하지만 그렇게 하지 못했다.

엄마가 내 손을 꽉 잡았다.

대모

———— ∘ ————

파티에서 누군가와 멀찍이 떨어져 있기란 정말 어렵다. 이를
테면 노아라든가. 아직은 별 문제가 없다. 우리는 서로 못 본
척하는 데 익숙하니까. 나는 루카스 오빠, 아베 오빠, 세스틴
언니 옆에 붙어 있었다. 셋이 놀다가 한 번씩 나도 끼워 줬다.
오빠가 아주 가끔은 좋은 오빠 노릇도 한다.

저녁 식사 전에 엄마가 잠시 쉬다가 산소를 조금 들이마시더
니 소파에서 일어나 잔을 딸랑거렸다. 아빠가 엄마 곁에 섰다.

엄마는 숨을 깊이 들이쉬었다.

"루카스랑 레아는 대모가 없어요. 제가 아직 우리 아이들과
떨어질 준비가 안 되어 있었거든요. 근데 오늘 우리 아이들한
테 최고의 선물을 주고 싶어요."

"이 얘기 알고 있었어?"

내가 오빠에게 물었다.

"아니."

오빠도 나처럼 기분이 좋아 보이지 않았다. 눈곱만큼도.

"왜 우리한테 물어보지도 않고."

엄마가 우리에게 손짓을 하자 내가 중얼거렸다.

학교에서 발표할 때보다 더 싫었다. 내가 아는 한 그게 제일 싫은 거다.

난 엄마가 싫다. 하지만 그러면 안 된다.

엄마가 우리에게 미소를 지었다. 우리는 웃지 않았다.

"이곳에 모인 멋진 여성들 중에서 누굴 골라야 할지 쉽지 않았어요."

엄마는 숨을 고르느라 잠시 말을 멈췄다. 그리고 조금 눈물을 흘렸다. 거실에 모인 사람들 대부분이 훌쩍이고 있었다. 특히 외할머니 울음소리가 가장 컸다. 외할아버지는 코를 풀었다. 울음이 코로 나오는 것 같았다. 나랑 오빠만 눈이 메말라 있었다. 오빠는 여기 서 있느니 돼지 똥이나 먹는 게 낫겠다는 표정이었다.

"오빠는 소똥 한 접시나 개똥 한 덩어리를 먹어야 한다면 뭘 고를래?"

내가 속삭였다.

"소똥이지. 개똥은 네 콧구멍에 쑤셔 넣을 거야."

내가 헛구역질을 하니 오빠 기분이 좀 풀린 듯했다. 아빠가 우리를 무섭게 노려봤다. 엄마는 산소를 들이마시고는 소피아 아줌마와 나디아 아줌마 쪽으로 눈길을 돌렸다.

"내가 없을 때 늘 우리 아이들 곁에서 사랑하고 도와주겠다고 약속해 줘."

"약속할게."

소피아 아줌마는 성큼성큼 다가와서 루카스 오빠를 껴안았다. 나디아 아줌마는 세상에서 가장 훌륭한 대모가 되겠다고 약속했다. 나는 바닥만 쳐다봤다. 엄마가 왜 이런 일을 했는지는 이미 알고 있다. 우리와 오랫동안 함께할 수 없어서 그리고 우리를 엄마 없이 내버려 두고 싶지 않기 때문이다.

바닥만 내려다보고 있었는데도 어른들 틈새로 비집고 나오는 노아가 보였다. 말했다시피 나는 노아 탐지기가 달려 있다.

"이제 우리는 자매야."

노아가 빙긋 웃었다. 나는 살짝 미소를 짓다가 말았다. 노아를 미워하는 중이라는 걸 잠깐 깜빡했다.

"나 오줌 마려워."

"나도. 우리 같이 갈래?"

내가 오줌을 누는 동안 노아가 욕조 끄트머리에 앉아 있으면 정말 좋겠다는 생각도 없진 않았다. 그렇지만 나는 고개를 흔들고 몇 걸음 뒤로 물러섰다.

　노아를 미워해야 한다는 걸 잊으면 안 된다. 그리고 나는 노아를 용서할 수 없다. 어떻게 하는지도 모른다.

악화일로

파티가 끝나고 엄마는 몸이 점점 안 좋아졌다. 기력이 천천히 몽땅 빠져나오는 것 같았다. 엄마는 며칠 동안 병원에 가 있었다. 집에 돌아와도 나아지는 기미가 안 보였다. 밤에 누워 있는데 엄마 우는 소리가 아주 크게 아주 오래 들렸다. 엄마가 그렇게 우는 건 정말 처음이었다. 아빠도 함께 울고 있었다.

엄마랑 아빠가 그렇게 오랫동안 우는 걸 들으니 잠이 오지 않았다. 난 침대에서 일어나 오빠 방문을 두드렸다. 오빠는 그새 마음을 내려놓았는지 이어폰을 꼽고 영화를 보고 있었다. 우리는 소곤소곤 얘길 나눴다.

"옆에서 자도 돼?"

오빠는 아무 말 없이 벽 쪽을 가리켰다.

"오빠, 엄마 이제 죽나 봐."

"그런 거 같아."

"언제?"

"나도 몰라."

"내 잘못이야. 엄마가 죽는 건."

눈물이 내 뺨을 타고 흐르는 게 느껴졌다.

오빠가 내 쪽으로 고개를 돌렸다.

"내가 노아를 충분히 미워하지 않아서 그래. 최대한 미워하려고 하는데 가끔 까먹거든."

오빠는 고개를 가로저었다.

"너 왜 그렇게 멍청하냐. 네 잘못이 아니란 건 너도 알잖아. 그리고 네가 노아를 미워한들 그게 엄마한테 무슨 도움이 되는데. 오히려 그 반대지."

웬만한 걸 다 아는 오빠의 말이라도 나는 도저히 그대로 받아들일 수 없었다. 모르는 게 없는 사람도 가끔 틀릴 때가 있으니까.

영화에서는 사람들이 나쁜 로봇이 쏜 총에 맞고 칼에 베여서 피가 튀기는 장면이 흘러나오고 있었다. 하지만 진짜 죽는 게 아니다. 죽는 척만 할 뿐이다. 영화에서야 정말로 죽는 셈이지만 촬영이 끝나면 샤워하고 장도 보고 아이랑 간식도 먹을 것이다. 하지만 현실에서는 죽으면 끝이다.

엄마랑 아빠는 내가 피 튀기는 영화를 보는 걸 허락하지 않았다. 하지만 나는 오히려 현실이 더 문제라고 생각한다. 엄마랑 아빠가 밤에 우는 현실과 절친을 미워하는 걸 잊으면 안 되는 현실 말이다.

오빠 침대에는 잡다한 부스러기가 참 많이 떨어져 있었다. 나는 빵과 과자 부스러기를 베개에서 털어 내고 눈을 감았다.

잠이 들락 말락 했는데 내가 이미 잠든 줄로 알았는지 오빠가 뺨에 뽀뽀를 하며 속삭였다.

"겁먹지 마. 내가 보살펴 줄게."

오빠가 나한테 뽀뽀를 한 적이 언제였는지 기억도 안 난다. 하지만 오빠가 있으니 현실이 그렇게 나쁜 것만은 아닌 것 같다는 생각이 들었다.

나도 오빠를 보살펴 줘야겠다.

바르토의 복수

벨라와 떠버리 올손이 방과 후에 바르토에게 가기로 한다는 얘기가 들렸다. 점심시간에 바르토랑 친구들이 교문을 나서는 게 보였다. 원래는 나가면 안 되는데. 저만치 가는 애들을 달려가 붙잡았다.

"벨라랑 올손, 오늘 너희 집에 간대."

내가 헐떡이며 말했다.

"이런 젠장."

"내 물총 빌려줄게."

디스코 파티 때부터 혹시 바르토한테 필요할까 싶어서 쭉 들고 다닌 거라는 얘긴 안 했다.

"그래도 돼?"

"물론이지. 내가 너희 집으로 가져갈게."

"그래. 이따 보자."

"응. 이따 봐."

학교 끝나고 바르토 집에 가는 게 세상에서 가장 자연스러운 일이라도 되는 듯이 말했다. 최근에 친구 집에 놀러 간 게 언제인지 기억도 안 난다.

점심 먹고 수업을 듣는데 시간이 굼벵이처럼 느리게 흘렀다.

"왜 히죽거려?"

빌마가 내 수학책 쪽으로 고개를 숙이며 소곤댔다.

"아무것도 아냐."

괜시리 실실 웃음이 나왔다.

바르토는 벨모베겐 거리에 있는 아파트 3층에 산다. 길거리 쪽으로 발코니가 나 있다. 우리는 물총과 비닐봉지 몇 장에 물을 가득 채웠다. 비닐봉지는 바르토의 생각이다. 그러고서 기다리고 또 기다렸다. 배가 고프지만 먹을 것 좀 달라고는 차마 못하겠다. 노아네였으면 그냥 냉장고로 가서 아무거나 꺼내면 되는데. 노아네는 내 집 같은데 바르토네는 낯설다.

할 얘기가 딱히 없으면 시간은 천천히 흐른다. 시간이 멈춘 것 같고 차가운 발코니 바닥에 발가락이 얼어붙는다. 걔들이 안 오는 게 내 탓인 듯 바르토가 날 부루퉁하게 쳐다봤다.

"나는 생일날 물총 놀이를 해. 물총 놀이를 정말 좋아하거든."

침묵을 깨려고 내가 입을 열었다.

"그래?"

"마음 내키면 와도 돼. 내 생일은 8월이야."

"그러지 뭐."

나는 눈물이 핑 돌아서 고개를 휙 돌렸다. 내년 생일에는 엄마가 없을 거다. 노아도 안 올 테고. 노아도 나만큼 물총 놀이를 좋아하는데. 생일을 맞는 게 무슨 의미가 있을까?

마침 저쪽에서 벨라와 떠버리 올손의 말소리가 들렸다. 나는 소매로 눈물을 훔치고 우리는 파란 발코니 가리개 뒤에 웅크렸다.

노아도 같이 있는 걸 보고 속이 뒤틀리고 피가 거꾸로 솟았다. 노아가 유치한 사랑 타령이나 하는 애들과 어울릴 줄은 꿈에도 생각 못 했다.

벨라랑 떠버리 올손이 자전거에서 폴짝 내려 발코니 밑에 섰다. 노아는 가만히 앉아 자전거 벨을 만지작거렸다.

"바르토!"

벨라와 떠버리 올손이 외쳤다.

"바르토! 사랑해!"

벨라가 소리쳤다.

"나도! 완전 사랑해!"

떠버리 올손도 함께 소리쳤다.

바르토와 나는 서로를 쳐다보다가 일어나서 비닐봉지를 발코니 너머로 집어 던졌다. 물을 가득 채운 비닐봉지가 땅바닥에 떨어지자 수류탄처럼 터지며 벨라와 올손을 흠뻑 적시고 우리 위까지 튀어 올랐다. 벨라랑 올손은 혼비백산해서 자빠졌다. 노련한 물총 싸움꾼 노아는 자전거에서 잽싸게 내려 자동차 뒤로 피신했다.

바르토와 나는 웃다가 숨이 넘어갈 뻔했다. 벨라와 떠버리 올손은 그렇지 않았지만.

"벨라, 올손! 오줌이라도 지린 건 아니지?"

나는 발코니에서 소리치면서 떠버리 올손에게 물총을 쏘아 정통으로 맞혔다.

애들이 나를 멍청하게 쳐다봤다.

"사람한테 물총을 쏘는 건 불법이야!"

벨라가 소리 질렀다.

"그런 법이 어딨어?"

바르토가 물총을 쏘았는데 벨라한테서 1미터는 벗어났다. 물총 쏘는 솜씨는 영 꽝이다.

"누굴 쫓아다니는 건 더 불법이거든!"

내가 소리치면서 물총으로 벨라를 맞혔다. 내 물총은 절대 빗나가지 않는다. 바르토와 나는 하이파이브를 했다.

"너희 때문에 내 옷 다 망가졌잖아."

떠버리 올손은 화가 났는지 발을 동동 구르며 울음보를 터뜨렸다.

"너희 완전 싫어!"

벨라도 소리 지르며 올손을 따라 울었다.

"그래라! 나도 너희 싫거든!"

바르토가 외쳤다.

그때 노아가 드디어 자동차 뒤에서 나왔다.

나는 물총을 들어 노아를 겨눴다.

"나는 항복! 레아, 우리 다시 친하게 지내면 안 될까?"

노아가 소리치며 내 쪽으로 손을 내밀었다.

노아는 발코니 위의 나를 보며 활짝 웃었다. 몸이 확 달아올랐다. 구름 뒤에서 비치는 햇살 때문일까.

노아한테 물총을 쫙 쐈다.

어째서 빗맞혔는지는 모르겠다.

그렇게 해가 구름으로 들어갔다

—◆—

　나와 같은 처지에 있다면 아주 오랫동안 기분이 좋기는 어려울 것이다. 집에 오니 병원이 거실로 옮겨져 있었다. 간호사가 오르락내리락하는 환자용 침대에 누워 있는 엄마 손에 주삿바늘을 꽂았다.

　집으로 돌아오는 내내 따라다녔던 노아 햇살이 사그라졌다.

　"우리 지빠귀, 어디 갔다 왔니?"

　엄마가 주삿바늘을 꽂지 않은 손을 내밀었다.

　"바르토네 갔다 왔어요."

　"재밌었겠구나."

　엄마는 입으로만 웃고 있었다. 슬프고 지친 눈빛이다.

　내가 엄마 곁에 앉자 엄마가 내 목덜미에 코를 묻었다.

　"송진 냄새가 나는구나. 엄마가 가장 좋아하는 향기야."

엄마가 하도 쿵쿵대는 바람에 너무 간지러워서 몸을 살짝 뺐다. 나는 엄마를 바라봤다. 뭔가 바뀐 것 같다. 뭔지는 잘 모르겠다. 근데 두렵다. 엄마들은 바뀌면 안 되는데. 엄마들은 언제나 똑같아야 되는데.

외할머니는 안 똑같아도 된다. 근데 우리 외할머니는 언제나 똑같다. 외할머니가 부엌에서 수프에 눈물을 떨구다가 내가 오자 울음을 멈췄다.

"올손 엄마한테서 전화가 왔는데 굉장히 화가 났더구나. 올손이 너랑 어떤 남자애한테 물세례를 받았다던데. 걔 옷도 싹 망가졌다고 하고."

외할머니는 자기 옷이 흠뻑 젖기라도 한 듯이 날 쳐다봤다.

"어떻게 물에 좀 젖었다고 옷이 망가진대요?"

나는 웃음을 참기가 힘들었다.

"어떻게 너는 참……. 이런 때일수록 엄마 생각을 조금만이라도 하면 좀 좋아. 할미가 전화를 받았으니 망정이지, 네 엄마가 받았으면 큰일 날 뻔했어."

외할머니는 앞치마로 눈가를 훔쳤다.

나는 샌드위치를 만들어서 내 방으로 가져갔다.

떠버리 올손은 좋은 날도 망치고 나쁜 날은 더 망친다.

한 달의 삶

———◦———

축구가 그리워 죽겠다. 하세 감독님이 내뱉는 욕과 탈의실 쉰 내까지도 그리웠다. 특히 시합이 있는 날은 더더욱 그리웠다. 아빠는 시합하는 데 가서 구경이라도 하자고 했지만 난 그러기 싫었다. 나는 공을 차고 싶은 거지 구경만 하고 싶은 게 아니었다.

하세 감독님이 어제 또 아빠 휴대 전화로 전화를 걸어서 나는 하세 감독님의 전화를 받을 수밖에 없었다. 부원들이 나를 보고 싶어 한다는데, 걔들이 그러는 거야 당연하다. 리그가 시작되었는데 선두를 달리지 못하니까. 나는 이미 관뒀다고 열두 번이나 감독님한테 말했지만 평소와 다름없이 감독님은 납득을 못 했다. 딱히 이상한 일도 아니다. 나도 내가 잘 이해가 안 된다.

"욕은 조금만 해 주세요."

"지랄 맞은 꼬마 같으니."

감독님은 전화를 끊었다가 다시 걸어서 사과를 했다.

"나는 네가 재능을 낭비하는 게 너무 열통 터져서 그래. 네 마음이 더럽게 어수선한 것도 알아. 안다고. 근데 그러니까 돌아와야겠단 생각은 안 드니? 같이 재밌게 경기하고 훌훌 털어 버려."

"싫어요."

나는 전화를 끊었다.

감독님은 내가 리프팅을 잘하는 건 모른다. 오늘은 신기록을 세웠다. 여든여섯 개. 노아는 마흔여덟 개밖에 못 한다. 내가 알기론 그렇다.

햇빛이 반짝인다. 일주일 내내 그랬다. 오늘은 꼭 여름 같다. 알마 할머니는 햇볕 아래 앉아 십자말풀이를 하고 랑나르는 그늘에서 헉헉대며 내 리프팅을 쳐다본다. 공을 잡기에는 너무 뚱뚱하고 게으르다.

쉰다섯, 쉰여섯, 쉰일곱.

머릿속으로 리프팅 개수를 세고 있었는데 아빠가 뒤뜰로 성큼성큼 나오자 집중이 깨져 버렸다.

"레아, 엄마 아빠랑 얘기 좀 하자꾸나."

공이 저만치 굴러가 우리 집이랑 알마 할머니 집 사이 산울타리에서 멈췄다. 울타리에는 어느새 잎사귀가 나 있었다. 어제는 랑나르를 데리고 산책을 나갔다가 길가에 핀 꽃을 한 송이 꺾기도 했다.

'별로 안 좋은 일이면 어쩌지?'

아빠를 보니 그런 느낌이 들었다.

오빠는 이미 거실 안락의자에 앉아 있었는데 불편해 보였다. 나는 소파로 가 엄마 옆에 앉았다.

먼지가 창문으로 들어온 햇빛을 받으며 춤을 춘다. 들리는 것은 엄마의 숨소리뿐이었다. 짧고 가쁘다. 엄마가 나랑 오빠를 번갈아 봤다.

"루카스, 이리 오렴."

엄마가 옆자리를 톡톡 두드렸다.

오빠는 일어나서 엄마 옆에 앉았다. 엄마는 한 손으로는 내 차가운 손을 잡고 반대 손으로는 오빠의 손을 잡았다. 아빠는 내 옆 팔걸이에 앉아 우리 세 사람을 팔로 감싸 안으려 했다. 다행히 아빠는 팔이 길다. 조금만 더 짧았어도 우리를 감싸 안지 못했을 것이다.

엄마는 힘겹게 숨을 쉬었다. 나는 숨을 쉬지 못했다. 몸이 불쾌하게 근질근질해서 정강이에 앉은 딱지를 잡아뗐다. 발끝까지 피가 흘러내렸다.

"아, 더럽게."

오빠가 말했다.

"오빠가 더 더럽거든."

"싸우지 말거라."

"제발 좀."

아빠와 엄마가 차례로 핀잔을 주자 오빠와 나는 입을 다물었다. 엄마 아빠가 무슨 말을 할지는 이미 알고 있다. 하지만 아무 말도 듣고 싶지 않았다.

"의사들도 더는 힘쓸 수가 없대. 엄마 몸이 너무 약해서."

"나아질 수 있다면서요."

내가 속삭였다.

엄마가 고개를 절레절레 흔들었다. 엄마는 눈물을 참으려고 애썼지만 결국 눈물이 흐르기 시작했다.

"하지만 기적이 있다고 엄마가 그랬잖아요. 새로운 약이 나올 수도 있다면서요. 나올 거예요."

내가 말했다.

"맞아요. 새로운 약을 먹으면 괜찮을 거예요."

오빠가 말했다.

"아니. 엄마한텐 안 돼."

"뭐가 안 돼요?"

그렇게 묻는 오빠의 목소리가 비명처럼 날카로웠다.

"의사들이 한 달 남았대."

"뭐가 한 달인데요? 뭔 소리예요? 무슨 한 달이냐고요!"

내 목소리가 멀리서 들렸다. 비명을 지르고 있지만, 귀에서 윙윙거리는 소리가 너무 컸다. 마치 자작나무 숲이 내 귓속에 있는 것 같다.

"살날이 한 달 남았대."

엄마가 말했다.

"안 돼요!"

오빠가 소리를 지르며 엄마 무릎에 고개를 파묻었다. 흐느끼는 듯 온몸이 들썩거렸다. 엄마도 그리고 아빠도 울었다.

이해가 안 된다.

한 달 있으면 엄마가 없다.

한 달 있으면 엄마가 죽는다.

울지도 못한다.

좋아하는 밴드의 노래도 못 듣는다.

이해가 안 된다.

그냥 안 된다.

머리가 깨질 것 같다.

심장은 이미 산산이 부서졌다.

"엄마, 나가서 공 좀 차도 돼요?"

"그래. 나가서 축구하고 놀아."

함께

———◦———

난 전혀 특별한 걸 바라지 않았다. 그저 한 달 안에 죽지 않는 아주 평범한 엄마를 바랐을 뿐. 하지만 내겐 그런 평범한 상황이 허락되지 않나 보다. 학교에서도 아무 때나 집에 갈 수 있었다. 안나 선생님은 내가 집에 갔을 때 엄마가 안 계실 수도 있다는 불안을 이해해 주셨다. 마음이 뒤숭숭하면 수업에 집중하기가 정말 어렵다. 그래도 집에서 숙제를 해야 한다. 안 그러면 1년 꿇을지도 모른다.

예컨대 중세 시대에 대해 아는 것이 없거나 흥미로운 리포트를 쓰지 않으면 다음 학년으로 못 올라갈 수도 있다. 그런데 어쩌면 그게 나을지도 모르겠다. 그러면 노아랑 같은 반이 될 일도 없을 거고, 노아가 눈으로 레이저 광선을 쏘아 내 목덜미에 구멍이 생기는 일도 없을 테니까.

엄마가 곧 죽을 테니 이제 노아를 미워할 필요가 없긴 하지만 너무 오래 미워해서 멈출 수가 없다. 이따금은 그냥 노아한테 가서 우리가 어떻게 하면 좋을지 물어볼까 싶은 생각도 든다. 근데 그게 안 된다. 못 하겠다. 어떡해야 되는지 까먹었다.

다행인 건 학교에서 날 불쌍하게 보는 애들이 이제 별로 없다는 것이다.

집에 오면 대개 엄마는 누워서 드라마를 보거나 잠을 자고 있었다. 죽음을 앞두면 엄청 피곤해지나 보다. 나는 거의 잠을 못 자고 있다. 가끔씩 나는 엄마가 아직 숨을 쉬는지 살펴보려고 살금살금 거실로 내려갔다. 그리고 어둠 속에서 가만히 앉아 엄마의 가슴이 움직이는 걸 바라봤다.

그러다 엄마가 깨면 나는 엄마 곁으로 기어들어 갔는데, 소파에서 담요를 덮고 자던 아빠가 깨면 아빠가 나를 들어 내 침대에 눕히고 내가 잠들 때까지 곁에 머물러 줬다.

그런데 오늘은 이상하게 평범한 느낌이 들었다. 오늘 콘라드가 나한테 사귀자고 물었기 때문일까? 올레가 대신 묻긴 했지만.

"콘라드 만날 거야?"

학교 식당에서 줄 서 있을 때 올레가 물었다.

"그러지 뭐."

그리고 딱히 별일은 없었다. 콘라드가 나에게 유달리 많이 미소를 지어 보이는 것 말고는. 콘라드는 앞니가 크다. 그래서 간혹 토끼라고도 불린다. 내 생각에 토끼는 귀엽다.

나는 남자 친구 이가 크든 작든 관심 없을 뿐더러 누구와 사귄 적도 없고 그리고 싶지도 않았다. 연애는 딱히 관심이 없다. 운동이 더 좋다.

콘라드가 수학 시간에 나한테 스물일곱 번째 미소를 지었을 때, 나는 집에 갔다. 내가 처음으로 남자 친구를 사귀었다고, 남자 친구와 함께 있을 때 뭘 하면 좋을지 엄마한테 물어봐야겠다는 생각이 들었다. 뽀뽀도 해야 되는데. 그런데 집에 오니 엄마는 아쉽게도 자고 있었다. 아빠도 소파에서 자고 있었다. 아빠는 직장을 아예 관뒀나 보다. 일을 안 하면 월급을 못 받는다. 그럼 생활비도 떨어진다. 결국 노숙자가 될지도 모른다. 우리가 가게 앞에서 거지들을 보고 떠들 때 안나 선생님은 누구든 노숙자가 될 수 있다고 했다.

나는 노아가 방과 후에 자전거를 타고 우리 집을 지나가는지 볼 수 있게 책상에 앉았다. 노아랑 콘라드에 대한 얘기를 나누고 싶다. 노아도 혹시 남자 친구가 있을까?

루카스 오빠랑 아베 오빠는 부엌에서 허겁지겁 스파게티를 먹고 있었다. 둘은 항상 배고파했다. 나는 샌드위치를 만들려고 했는데 치즈가 다 떨어졌다. 치즈는 아베 오빠의 스파게티 위에 올라가 있었다. 저렇게 많이 먹는 사람이 또 있나 싶다.

"나 남자 친구 생겼다."

누군가에게든 말해야 했다.

안 들리나 보다. 나는 조용히 말했고 둘은 이어폰을 끼고 있었다. 어쨌든 아무런 대답이 없었다.

문득 엄청, 엄청 외롭다는 느낌이 들었다. 남자 친구도 있고 다 있는데도.

알기 싫은 것

━━━◆━━━

컴퓨터로 뭘 했는지 딴 사람에게 보이기 싫으면 로그아웃을
잘 해야 된다. 나는 좋아하는 드라마를 되도록 혼자 보는 편이
다. 그래서 엄마 노트북을 빌려서 내 방으로 가져왔는데, 엄마
가 로그아웃하는 걸 까먹었다.

엄마가 써 놓은 글이 눈에 들어왔다. 이해하는 데 시간이 좀
걸렸다. 그 글은 루카스 오빠와 내가 받을 생일 선물 목록이었
다. 우리가 스물다섯 살이 될 때까지의 목록이 빼곡하게 적혀
있었다.

내년, 내가 열네 살이 되면 흰색 브래지어를 받는다. 그때까
지 브래지어 찰 만큼 가슴이 안 커지면 어쩌지? 어쨌든 그걸 받
는 일은 안 생길 것 같다.

내 브래지어는 누가 사는 걸까? 아빠가? 정말 쪽팔릴 것 같

다. 속옷 가게에 아빠랑 가다니. 아니면 엄마가 벌써 샀으려나? 서랍 어딘가에 내가 열네 살이 되기를 기다리는 브래지어가 있을까?

그리고 열다섯 살이 되면 이젤과 유화 물감을 받는다. 하지만 나랑 아빠가 노숙자가 되면 그건 어디에 둬야 하지? 오빠는 열여섯 살이 되면 전기 기타를 받는다. 오빠는 지금 갖고 있는 기타는 소리가 이상하다고 했다. 내가 듣기엔 괜찮은데. 적어도 소리는 잘 난다.

오빠랑 아베 오빠가 연주할 때는 온 집이 진동한다. 아베 오빠의 베이스는 가슴을 울린다. 정말 멋지다. 근데 한참 전부터 우리 집에서 연주를 들을 수가 없다. 죽어 가는 사람이 없는 아베 오빠네 집에서 연주하는 거겠지?

다른 사람의 컴퓨터를 훔쳐보면 절대, 절대 안 된다는 건 알고 있다. 남의 일기를 읽는 것과도 같다. 그래도 자꾸 훔쳐보게 된다. 난 엄마의 페이스북 계정에 들어갔다.

엄마가 로그아웃하는 걸 까먹지 않았더라면, 우리 곁을 떠날 수밖에 없는 엄마가 얼마나 슬픔과 두려움에 떨고 있는지 내가 읽지 않았더라면 좋았을 텐데. 내가 자라는 모습 그리고 오빠가 아빠만큼 수염이 나는 것도 보지 못해 슬프다는 것도, 손주를 결코 볼 일이 없다는 것도……

난 노트북을 덮었다. 눈을 감고 귀를 막고 내가 읽은 것을 잊으려 노력했다. 그러나 사라지지 않는다. 가슴이 찢어져 피가 흐른다. 이제야 엄마가 죽는다는 게 실감이 났다. 죽음은 항상 그 자리에 있다. 죽음은 잠시 떠났다가 살 좀 태우고 돌아오는 여행이 아닌데 아마 난 그렇게 생각했나 보다.

어디서 눈물이 나오는지 모르겠다. 한 번도 이렇게 울어 본 적이 없었다. 결코 끝나지 않을 비명 같았다.

오빠가 내 방으로 달려 들어왔다. 아베 오빠도 따라왔다.

"아빠! 얼른 와 보세요!"

내 모습을 본 오빠가 소리쳤다.

아빠가 날 방바닥에서 들어 올려 꼭 껴안았다.

"엄마가 죽는대요!"

나는 소리쳤다.

"알고 있단다."

아빠가 말했다.

"싫어요! 싫어요!"

나는 울부짖었다.

"그래. 알고 있단다."

아빠가 말했다.

오빠가 울기 시작했다. 아베 오빠도 눈물을 훔쳤다.

아빠가 날 안아 줬다.

꼭 껴안아 줬다.

그래도 온몸에 떨림이 멈추지 않았다.

아무도 믿을 수 없다

나는 학교를 아예 안 가기 시작했다. 엄마를 집에 혼자 남겨 두기 싫었다. 엄마도 내가 있기를 바랐다. 우리는 앞으로 서로 가 없을 날을 생각하는 것에 익숙해지려고 한다.

나도 죽고 싶다. 엄마랑 같은 날 같은 시간에.

"안 돼. 너는 살아야지."

"그럼 엄마는 혼자가 되잖아요."

"엄마는 죽으면 혼자가 된다고 생각하지 않아. 너희도 나중 에 올 테니까."

엄마가 내 손에 깍지를 끼며 말했다.

"근데 엄청 오래 걸리잖아요. 우리가 갈 때까지."

"삶이 끝나면 시간은 존재하지 않아. 우주 공간 안에 있는 것 과 마찬가지지."

"엄마가 절 어떻게 알아봐요? 여든다섯 살이 되면 지금 엄마보다도 훨씬 늙은 모습일 텐데요."

나는 엄마가 나중에 나를 못 알아보면 어쩌나 걱정스러운 마음에 물어봤다.

엄마가 손가락으로 내 머리카락을 쓸어 올렸다.

"그런 건 걱정 안 해도 돼. 그리고 네가 늙으면 그 시대는 다들 백일흔 살까지 살걸?"

"암에 안 걸린다면요."

"그때가 되면 아무리 더럽게 안 떨어지는 병이라도 다 고칠 수 있는 마법 같은 약이 나올 거야."

엄마를 돕는 간호사 마르쿠스 선생님과 아만다 선생님이 왔다. 하루에 몇 번이나 오시는데 그럴 때면 난 딴 일을 했다. 예를 들면 시험공부라든가.

모르는 게 있으면 오빠가 도와줬다. 아베 오빠도. 내가 지난번에 엉엉 운 뒤로 둘은 내게 엄청 잘해 줬다. 사실 나는 아베 오빠가 도와줄 때가 더 좋았다. 내가 이해를 잘 못 해도 우리 오빠처럼 화를 내지 않기 때문이다.

책을 보다가 아베 오빠의 눈을 쳐다봤다. 눈동자가 갈색이고 속눈썹이 길다. 귀엽다. 조금은 사랑에 빠진 것도 같다. 콘라드랑 사귀는 중이긴 하지만.

"이제 알겠어?"

아베 오빠가 물었다.

"응, 이제 자기력이 뭔지 알겠어."

실은 이해 못 했지만 그냥 이해했다고 말했다.

"좋아. 또 물어볼 거 있어?"

"응. 그러니까, 우리 오빠가 스톡홀름에 가도 우린 계속 볼 수 있는 거지?"

"물론이지. 언제든 나만 믿어."

언제든 믿을 사람이 있다는 건 굉장하다. 나를 떠날 엄마랑 오빠와는 다르다. 어쨌든 오빠도 스톡홀름에 갈 테니까.

"그럼 가끔 오빠 집에 가서 자도 돼?"

"뭐?"

아베 오빠는 나를 미친 사람 보듯이 쳐다봤다.

"그러니까 겨울에 추울 때만."

아빠랑 내가 노숙자가 될까 봐 걱정된다고 해명을 하기도 전에 아베 오빠는 화들짝 놀라서 나갔다.

오빠 방에서 두 사람의 웃음소리가 들렸다. 난 더 안 들으려고 방문을 쾅 닫았다. 오빠가 노크도 없이 내 방문을 벌컥 열고 들어왔다.

"내 친구한테 눈길도 주지 마. 조그만 게 까불고 있어."

오빠가 비웃으며 말했다.

"나 눈길 안 줬어."

창피해서 얼굴에 열이 올랐다.

"암튼 하지 마."

눈길을 주려면 눈을 깜빡여야 하는 거 아닌
가? 눈길은 그런 건 줄 알았는데. 나도 모르
는 새에 눈을 깜빡였나?

난 오빠 방문을 빼꼼 열었다.

"나 남친 생겼어. 그냥 알아들 두라고."

"누군데?"

오빠가 물었다. 못 믿는 눈치였다.

"콘라드."

"토끼 이빨?"

"난 토끼가 귀여워."

아베 오빠에게 한쪽 눈을 깜박였다. 나도
모르는 새에 그냥 윙크가 나왔다.

"나가!"

오빠가 소리를 지르며 책을 던졌다.

출국장

━━━━◆━━━━

뉴질랜드에서 라세 외삼촌이 왔다. 우리야 엄마를 매일 보니 익숙했지만, 라세 외삼촌은 작년에 우리가 뉴질랜드에 갔다 온 뒤로 만난 적이 없기 때문에 엄마가 얼마나 아팠는지 모르고 있었다.

"누나, 대체 이게 뭐야."

외삼촌은 가만히 앉아서 엄마 손을 꼭 잡았다.

낮에는 집에 우리 가족만 있지만 저녁에는 사람들이 몰려온다. 담임 선생님은 숙제를 내려 오고, 나디아 아줌마, 아베 오빠, 엄마 친구들도 모두 와서 잠시 얘기를 나누다 간다. 암에 걸려 머리카락이 없는 사람도 있고, 음식이나 꽃을 들고 오는 사람도 있었다. 사람들이 두고 간 꽃이 쌓여 우리 집이 꽃 가게처럼 보일 지경이다.

엄마가 일어날 기운이 없어서 우리는 거실에서 밥을 먹었다.

"출국장에 앉아 비행기를 타려고 기다리는 기분이야."

엄마가 말했다.

"오래오래 연착하면 좋겠다."

라세 외삼촌은 눈물을 삼키고 또 삼켰다.

"난 항상 라세 네가 떠날 때 손 흔드는 게 싫었다. 세상이 제대로 돌아간다면 이번에 비행기에 올라탈 사람은 난데."

외할아버지가 말하고 코를 풀었다.

"그러게 말이에요."

다들 아직 식사가 안 끝났는데 외할머니가 상을 치우기 시작했다. 또 부엌에 가서 울려나 보다.

그때 초인종이 울렸다.

문 앞에 콘라드와 올레가 서 있었다.

콘라드가 씩 웃었다.

"안녕."

나는 콘라드만큼 얼굴이 벌게졌다.

"너 학교에 안 나온 지 꽤 됐는데 잘 지내나 해서."

올레가 말했다.

"혹시 나올 생각 있으면……."

"그래."

　　나는 콘라드가 말을 채 끝마치기도 전에 외투를 걸치고 집을
나섰다.
　　우리는 자전거를 타고 공원에 갔다. 언덕 위에 있는 엄마의
밤나무는 잎이 돋았고 풀 냄새가 났다. 올레는 꽃가루 알레르
기가 있어서 미친 듯이 재채기를 했다.
　　"학교는 언제 돌아와?"
　　콘라드가 내 옆에서 그네를 타며 물었다.

"나중에."

나는 힘차게 발을 굴렀다. 높이, 더 높이 올라갈 수 있도록.
엄마의 밤나무보다 높게.

"그러다 그네 돌아가!"

콘라드가 외쳤다.

"하나도 안 무서워."

그네를 좀 더 높이 띄웠다.

발이 하늘에 닿을 것 같은 느낌이다.

영원히

———◆———

노아가 방과 후 자전거를 타고 우리 집 앞을 지나갈 때 나는 창가에 서서 손을 흔들었다. 노아는 비틀거리다 쓱 가 버렸다. 손을 흔들어 주지도 않았다.

절친이라도 영원히 기다려 달라고 할 수는 없나 보다.

두려운 건 없어

길게 땋은 머리는 더 이상 내 등에 닿지 않는다. 싱크대 안에 있다. 거침없이 자르고 나니, 머리카락이 여기저기 뻗쳐 엉망이었다. 마치 다른 사람이 된 것 같았다. 자른 머리카락은 가발을 만드는 사람한테 줘야겠다. 엄마는 맨 처음에 머리가 다 빠졌을 때는 가발을 썼다. 나중에는 신경도 안 썼지만. 엄마는 가발을 안 써야 더 건강한 느낌이 든다고 했다.

나는 욕실 서랍을 열고 전기면도기를 꺼냈다. 엄마 머리가 빠질 때 쓰던 것이다. 전기면도기를 2밀리미터로 설정했다.

거실로 내려오자 아빠가 소리 지르며 엄마를 깨웠다.

"너 뭐 한 거니? 우리 레아 어디 갔어?"

"저 멀리요."

엄마가 날 보고 활짝 웃었다.

"우아, 우리 딸 참 멋지다."

"저도 이제 엄마랑 같아요."

아직 낯선 따끔따끔한 고슴도치 머리에 내 손을 올렸다. 기분이 좋았다.

"아빠가 머리 땋고 묶는 법 열심히 배운다고 했잖아."

아빠 눈에 눈물이 그렁그렁했다.

"그거 때문에 머리를 자른 건 아니에요. 그냥 이렇게 하고 싶었어요."

"근데 네 머리는…… 아빠가 참 좋아했는데……."

아빠가 눈길을 거뒀다. 바뀐 내 모습을 감당하기가 어려운가 보다.

"이게 훨씬 좋다니까요."

"아니야."

아빠가 시무룩한 목소리로 말했다.

"미쳤군."

오빠가 각종 사탕과 과자 2킬로그램을 커다란 그릇에 쏟아 부었다.

"멋진데!"

아베 오빠가 내 모습을 훑어보더니 말했다.

내 새로운 모습이 좀 마음에 드나 보다.

나는 윙크를 했다. 왼쪽 눈이 저도 모르게 깜빡였다. 그러자 아베 오빠도 윙크를 했다.

오빠가 날 툭 쳤다.

"그만 좀 해!"

"내 머리 막 건들지 마."

난 과자와 사탕 몇 개를 가져갔다.

엄마는 더 이상 건강하게 살지 않기로 결심했다. 엄마는 요즘 단것만 먹었다. 죽음이 다가옴을 안다는 것은 좋은 일이다. 이에 구멍이 나든 말든 걱정할 필요가 없으니까.

나도 이에 생길 구멍이 걱정되지 않는다.

더 이상 두려운 건 없으니까.

돌고래 자매

───◆───

    털모자를 썼지만 자전거를 타고 달리니 머리가 시렸다. 머리카락을 짧게 자른 지 얼마 되지 않아 찬 바람을 바로 맞는 게 익숙하지 않았다.

    최대한 빨리 달렸다. 내 결심을 후회하기 전에 도착하고 싶었다. 도착하니 숨이 턱턱 막힐 지경이었다. 가슴이 쿵쾅거렸다. 겨우겨우 초인종을 누르자 노아가 문을 열었다.

    "노아, 미안해. 때려서 미안하고, 네 탓만 해서 미안해."

    "나도 그렇게 말해서 미안해."

    "근데 네 말이 맞았어. 우리 엄마는 죽을 테니까."

    "나도 알아. 근데 네 말도 맞아. 우리 엄마도 죽을 테니까. 당장은 아니지만."

    우리는 가만히 서서 서로를 바라봤다. 우리가 다시 절친이 되기까지 수억 년이 흐른 것 같다. 내 입가가 올라가는 게 느껴졌다. 노아도 마찬가지였다. 우리 입은 서로에게 다시 웃음 짓는 날만을 기다려 왔나 보다. 미소가 멈추지 않았다.

"네가 자전거 타고 지나가는 거 매일 봤어."

"나도 알아. 커튼 뒤에 네가 서 있는 게 보였거든."

노아의 눈이 반짝였다.

"그랬구나."

"레아, 너랑 끝낼 생각이 전혀 없었으니까."

"고마워."

서로 백만 초 동안 말없이 있을 때 내가 모자를 벗었다.

노아가 헉 소리를 냈다.

"만져 봐도 돼?"

"응."

"암튼 이제 머리 빠질 걱정은 안 해도 되겠다. 지금 보니까 머리카락이 없어도 잘 어울리는구나."

나는 주머니에서 사인펜을 꺼내 노아에게 건넸다.

"돌고래 두 마리. 돌고래 자매 그려 줘."

"상어 한 마리도."

노아는 우리 엄마가 가장 좋아하는 동물이 상어라는 것도 알고 있다.

내 머리 위에서 돌고래 자매가 놀고 있고, 그 곁에서 상어 엄마가 위험을 막아 주는 느낌이 났다.

다시는 누구도 미워하지 않을 것이다. 특히 노아는.

죽더라도 태어날 만한

---◆---

"이제 맘 편히 죽을 수 있겠구나. 드디어 돌고래 자매도 다시
하나가 됐고 말이야."

"그럴 줄 알았어요. 그럼 우리 다시 헤어져야 하나?"

나는 노아에게 미소 지었다.

"우리가 헤어지면 안 죽는 거예요? 그럼 화해 안 하는 게 나
았는데."

노아가 엄마에게 물었다.

"아니. 진짜로 그럴까 봐 무섭구나."

"우리 다시는 안 싸울 거예요. 절대로, 절대로."

내가 말했다.

"어쩌면 또 싸우게 될지도 몰라. 근데 이젠 어떻게 화해하는
지 잘 알았지?"

"네."

우리 둘이 동시에 대답했다.

나와 달리 노아는 학교를 빠지면 안 되지만 그래도 학교가 끝나면 곧장 우리 집으로 왔다. 우리는 내 침대에 누워 수다를 떨고 서로의 딱지를 떼어 줬다. 노아는 아직 축구를 해서 나보다 상처가 많았다.

"어차피 죽을 텐데 우리는 대체 왜 태어나는 걸까?"

노아가 말했다.

나는 손가락으로 노아의 긴 머리카락을 비비 꼬았다.

"근데 우리가 안 태어났다면 절대 만나지 못했을 거야."

"네 말이 맞네. 그럼 결국엔 죽더라도 태어날 만하구나."

둘이 같이 누워서 침대가 좁았지만 나는 드디어 평온히 잠들 수 있었다. 한 침대에서 자기에는 우리가 너무 커진 것 같다.

"우리 다신 안 헤어질 거야."

노아가 말하면서 아침 방귀를 뀌었다. 이불도 같이 흔들렸다. 노아는 최악의 뽕뽕이다. 노아처럼 방귀를 큰 소리로 뀌면서 행복해하는 사람은 없을 것이다.

나는 계단을 뛰어 내려가 엄마가 아직 살아 있는지 확인했다. 살아 있다. 아직 잠을 자고 있긴 하지만.

엄마가 살날이 한 달밖에 안 남았다는 걸 알게 된 지 12일이 지났다.

18일 남았다.

블루스 타임

────◆────

아빠가 오빠랑 나에게 오늘 밤에는 친구들을 데려오지 말라고 부탁했다. 둘이서 오빠 침대에 누워 영화를 봤다. 코미디 영화였다. 정말 슬플 때도 이렇게 웃을 수 있다는 게 참 희한했다.

"가끔은 잊어야 할 때도 있어."

오빠가 오늘따라 상냥했다.

"뭐 하니?"

아빠가 노크하면서 문틈으로 고개를 빼꼼 내밀었다. 운동복 대신 검정 양복 차림에 좋은 향수 냄새가 났다.

"영화 봐요. 내려오지 말라면서요."

오빠가 말했다.

"그래. 보던 거 봐."

"왜 그렇게 멋있게 입었어요?"

내가 물었다.

"데이트하러 가거든."

아빠가 빙긋 웃었다.

영화가 끝나고 우리는 계단으로 몰래 내려갔다. 거실에서 음악 소리가 들리고 촛불이 흔들거렸다. 그리고 엄마와 아빠가 껴안고 서서 박자에 맞춰 설렁설렁 몸을 흔들었다. 엄마는 가장 멋진 드레스를 입고 있었고 둘 다 지그시 눈을 감고 있었다.

나랑 오빠는 엄마랑 아빠가 눈치 못 채도록 슬금슬금 다시 올라갔다.

나는 부모님이 서로를 얼마나 사랑하는지 절대 잊지 못할 것이다.

나중 일은 아무도 모른다

————◆————

"우리 팀은 네가 있어야 돼. 언제 다시 시작할 생각이야?"

노아는 샐러드에 넣을 토마토를 잘랐다.

"나중에. 아마도."

나는 오이를 썰었다.

"어쨌든 너도 청소년 리그 선수로 등록되어 있잖아. 나랑 같이 갈래?"

"모르겠어. 나중 일은 나도 몰라."

모든 게 그렇다. 나는 엄마 없이 산다는 게 어떤 건지 잘 모르겠다. 딴 사람이 된 것처럼 축구 말고 피아노를 칠 수도 있고, 울기만 할 수도 있다. 그런데 울면 축구를 못 한다. 공이 안 보이니까. 솔직히 우리가 노숙자가 될지 안 될지조차도 잘 모르겠다. 어쨌든 우리는 살림이 쪼들린다.

아빠가 할아버지랑 통화하면서 그런 얘길 하는 걸 들었다.

아파서 일을 못 하는 사람이 있으면 돈이 줄어든다. 아프지 않아도 일을 못하는 사람까지 있으면 돈은 더더욱 줄어든다. 아빠는 나보고 걱정하지 말라 했지만 말처럼 쉽지 않다. 나도 똑같이 걱정이 된다.

심지어 아빠는 벌써 노숙자 같았다. 턱수염은 덥수룩하고 언제나 해진 운동복 바지에 얼룩덜룩한 티셔츠 바람으로 돌아다닌다. 장 보러 갈 때도 그렇다. 오빠랑 나는 아빠를 안 따라가려고 한다. 같이 다니기 부끄럽다.

"레아 너도 청소년 리그 경기 가는 거 맞지?"

아빠가 병아리콩을 믹서로 갈면서 말했다.

"뭐가 맞아요?"

"아무리 울적한 일이 많다고 해도 재미있는 일을 해야 해. 네 엄마하고 약속했거든. 아빠도 그 약속을 지키고 싶어."

초인종이 울리면서 대화가 끊겼다. 벌써 열 번째였다. 모두들 엄마에게 작별 인사를 하고 싶어 했다.

이번엔 콘라드와 올레였다.

콘라드는 날 보더니 눈이 휘둥그레졌다.

"너, 너도 암에 걸린 거야?"

콘라드가 더듬거리며 한 발짝 물러섰다.

"암도 전염되는지 몰랐어."

올레도 한 발짝 물러섰다.

나는 둘이 무슨 말을 하는지 못 알아들었다.

"머리카락. 너 머리가 다 빠졌잖아."

올레가 말했다.

"아냐. 내가 밀었어. 멋있지?"

콘라드랑 올레 생각은 다른가 보다.

"누구니?"

아빠가 소리쳤다.

"아무도 아니에요!"

"맞아요! 레아 남자 친구 왔대요!"

노아가 외쳤다.

오빠와 아베 오빠가 우당탕 계단을 내려오고 아빠는 부엌에
서 휭 달려 나왔다. 우리 가족보다 호기심 많은 사람들도 없을
거다. 현관 앞이 어느새 엄청 북적거렸다.

"얘가 귀 빨개지는 애니?"

아빠의 물음에 나는 고개를 끄덕였다.

"우리 딸 남자 친구랑 인사 좀 해야겠구나."

아빠가 손을 내밀었다. 콘라드는 살며시 아빠 손을 잡고 악
수를 했다.

루카스 오빠는 히죽 웃음을 지었다. 올레랑 노아는 낄낄댔다. 콘라드의 얼굴은 점점 더 빨갛게 달아올랐다.

"어, 난 레아 네가 나를 좋아하는 줄 알았는데. 나랑 같이 살고 싶다며."

아베 오빠가 말했다.

"아닌데. 아빠랑 내가 노숙자가 됐을 때 욕실 좀 빌려주길 바랐을 뿐이야. 근데 이제 그럴 필요 없어. 추울 때는 노아 집에 가서 살면 되니까."

아빠가 멍하니 나를 쳐다봤지만 나는 굳이 설명하지 않았다.

"콘라드니? 여기로 와 보렴."

거실에서 엄마가 소리쳤다.

콘라드와 올레는 우리 집 초인종을 누른 걸 평생 후회할 듯싶다.

괴팍한 가족

불쌍한 콘라드와 올레. 둘은 신발을 벗고 우리 집으로 들어올 수밖에 없었다. 콘라드는 양말 한쪽에 구멍이 나서 엄지발가락이 툭 튀어나와 있었다.

소파에는 외할머니, 외할아버지, 라세 외삼촌이 앉아 있었고 안락의자에는 노르셰핑시에서 찾아온 친할아버지가, 침대에 누워 있는 엄마 곁에는 나디아 아줌마가 앉아 있었다.

콘라드와 올레는 돌아다니면서 모두와 악수를 해야 했다. 콘라드의 귀가 너무 시뻘게져서 불이라도 날까봐 걱정이 됐다.

"아하, 그러니까 네가 레아 애인이로구나. 너도 이제 우리 가족이다."

외할아버지가 콘라드의 손을 잡았다. 콘라드가 손을 빼려고 했지만 꼼짝도 하지 않았다. 외할아버지는 나이가 많아도 힘이

장사다. 목수라서 그렇다.

"그럼 너희 약혼은 언제 하는 거냐?"

"약혼요?"

외할아버지가 사람을 놀리기 좋아한다는 걸 모르는 콘라드가
놀라서 삑사리를 냈다.

"그래, 내 외손녀랑 진지하게 만나는 거겠지? 그럼 언젠가는
결혼도 해야 되겠고."

"결혼요?"

작은 목소리로 대답하는 콘라드의 귀가 더 빨개졌다. 정말 불타오를 지경이다.

"그냥 장난치시는 거야."

내가 한 말에 콘라드는 그제야 마음을 놓았다.

"이제 내 차례구나."

엄마가 침대 끄트머리를 톡톡 두드렸다.

분홍색 고슴도치 머리를 하고 여기저기 호스를 꽂은 엄청 아픈 사람을 별로 못 봤다면 좀 무서울 수도 있다. 콘라드도 그렇게 느낄 것 같아서 내가 손을 잡고 데려갔다.

"안녕."

엄마가 콘라드를 보고 방긋 웃었다.

"안녕하세요."

콘라드가 작은 목소리로 말했다.

"레아가 말한 대로 참 귀엽구나."

콘라드가 나를 휙 쳐다봤다. 얼굴이 너무 달아올라서 주근깨도 눈에 잘 안 띌 지경이었다.

"아, 첫사랑이라니."

엄마는 콘라드를 찬찬히 훑어보면서 뺨을 어루만졌다.

"그런데 이제 좀 쉬어야겠구나."

엄마는 힘겹게 숨을 쉬며 베개에 누워 눈을 감았다.

"이리 와 봐."

나는 애들을 데리고 지저분한 내 방으로 올라갔다. 어제 나는 내 방을 청소하기로 마음먹었다. 노아가 청소하는 걸 도와줬다. 우리는 그대로 보관할 것과 더는 내 나이에 안 맞는 것을 나누려고 서랍과 옷장을 비웠다. 그리고 지금까지 마른 사인펜 몇 자루, 머리가 빠지고 망가진 인형 두 개, 옷장 서랍에서 나온 신발 한 짝, 잡동사니 더미에 있던 퍼즐 조각 두 개를 버렸다. 나머지는 앞으로도 쭉 갖고 놀 것이다.

"아직 청소 중이야."

"별로 안 지저분한데."

이불을 안 갠 침대에 콘라드가 앉았다.

"우리 나무토막 쌓기 놀이 할까?"

노아가 물었다.

"아니."

올레가 말했다.

"그럼, 그림 그리자."

내가 말했다.

"아니. 그건 재미없어."

콘라드가 말했다.

"그냥 나가서 놀자."

올레가 말했다.

"그래."

노아와 콘라드가 말했다.

"싫어."

내가 말했다.

"아줌마는 자고 있잖아."

노아가 말했다.

"엄마가 깨서 나랑 있고 싶은데 내가 여기 없으면 어떡해?"

실은 엄마가 다시는 못 일어날 때 내가 엄마 곁에 없을까 봐 무엇보다도 두려웠다.

"그럼 우리 뽀뽀하자."

내가 말했다.

"그래."

그래서 우리는 뽀뽀를 했다. 사실은 별로 좋진 않았다. 그다음에 우리는 카드놀이를 했다. 숫자 5가 적힌 카드 두 장과 왕 카드 한 장이 빠졌지만 상관없었다.

저녁에 콘라드에게 전화를 걸어 헤어지자고 말했다. 꼭 연애를 해야 되는지 모르겠다. 나는 뽀뽀보다 뛰어노는 게 좋다.

콘라드도 딱히 슬퍼하는 것 같진 않았다.

정말요

---◆---

"레아, 너한테 부탁할 게 하나 있어."

엄마가 나를 진지한 얼굴로 쳐다봤다.

"뭔데요?"

"엄마 관에다 그림을 그려 줘."

"그래도 돼요?"

"물론이지. 근사해 보일 거야."

"뭘 그릴까요?"

"그건 네가 정하면 돼. 다른 건 다 엄마가 정했잖아."

맞는 말이다. 엄마의 장례식은 엄마가 다 계획했다. 관, 꽃,
음악, 음식. 엄마는 자신의 마지막 파티가 완벽하길 바랐다.

"근데 엄마는 거기 없잖아요."

"따지고 보면 거기 있는 셈이지."

엄마는 날 끌어당겨 내 목덜미에 코를 묻었다.

엄마한테서 평소와 다른 냄새가 난다. 조금 달달한 냄새였다. 엄마는 두려움과 슬픔을 줄이는 새로운 약을 받았지만 결국 울음을 터뜨렸다. 나는 두 팔로 엄마를 감싸 안았다. 엄마가 너무 꼭 껴안아서 나는 숨을 쉬기가 어려울 정도였다.

"널 두고 내가 어떻게 가니."

박박 깎은 내 머리에 엄마의 눈물이 방울방울 떨어지는 게 느껴졌다. 나도 울면서 엄마에게 착 달라붙었다. 엄마를 놓고 싶지 않았다. 엄마도 나를 더욱 꼭 붙잡았다. 마르쿠스 선생님은 엄마가 편히 잠들 수 있도록 주사를 놓았다.

엄마는 자고, 자고 또 잤다. 가끔씩만 깼다. 잠에서 깨면 열에 들뜬 눈으로 우릴 바라봤다.

지난주부터 엄마, 아빠, 오빠, 나, 우리는 집에만 있었다.

"미안해. 더는 버틸 힘이 없구나. 정말 미안해."

엄마가 잠시 깨어나 말했다.

"당신만큼 버틴 사람이 어디 있다고. 우리가 붙잡고 있어서 미안해."

아빠의 말에 엄마 눈에 눈물이 맺혔다. 아빠는 엄마를 품에 안더니 등을 살살 토닥였다.

"괜찮아. 우리가 잘 헤쳐 나갈게."

"알아. 다들 잘 이겨 낼 거야."

엄마가 다시 눈을 감았다.

"당신 이제 가도 돼."

"정말?"

아빠가 고개를 끄덕였다.

"정말요. 엄마가 더 이상 아프지 않았으면 좋겠어요."

오빠가 속삭였다.

"정말요."

내 마음도 오빠와 같았다.

어디에나

━━━◆━━━

엄마는 다시 일어나지 않았다. 3시 15분. 내가 방에 앉아서 그림을 그리는 동안 엄마가 아빠 품에서 숨을 멈춰 버렸다. 이제 엄마가 숨을 쉴 때마다 겪은 고통을 더 이상 겪지 않아도 돼서 참 다행이다.

엄마 가슴에 귀를 갖다 대어 보았지만, 엄마의 심장은 더 이상 뛰지 않았다.

"엄마는 이제 어디 있어?"

내가 물었다.

"어디에나……. 어디에나 있지."

오빠가 속삭였다.

관

———◆———

"도와줄까?"

엄마의 환자용 침대가 있었던 거실에 놓아둔 관에 그림을 그
릴 때 오빠가 물었다.

"그래."

나는 상어, 돌고래, 가오리를 그렸다. 공원 언덕의 큰 밤나
무를 그리고, 그 나무 그늘에 앉아 있는 엄마를 그렸다. 블루스
추는 엄마랑 아빠도 그렸다. 나랑 오빠도 그렸다.

오빠는 엄마가 좋아하는 가수들을 그리고는 엄마가 가장 좋
아하는 노랫말을 몇 줄 썼다.

최고의 순간을 꿈꾸며 우리 함께 헤쳐 갔지.

늘 아름답진 않지만 삶은 아름다운 여행이라네.

"너희 엄마는 참 현명한 사람이었는데."

외할아버지가 코를 풀며 말했다.

모두들 와서 함께 슬퍼했고, 엄마와의 추억을 이야기했다.

나랑 오빠는 그림을 그리고 또 그렸다.

그리고 엄마가 좋아하는 음악을 들었다.

며칠 동안은 계속 그럴 것이다.

우리 삶을 다시 그려 넣기 위해.

엄마는 어디에나 있다.

다시 학교로

나는 목소리를 가다듬고 앞에서 반 친구들을 쳐다봤다. 내가 발표할 차례였다. 다른 애들은 이미 다 했다.

떠버리 올손이 빌마의 귀에 대고 뭔가 속삭이는 게 보였다. 빌마가 기득거렸다.

안나 선생님이 '쉿' 하고 손을 입에 가져다 댔고 노아는 힘내라는 눈빛을 나에게 보냈다. 나는 머리를 긁적이며 더 이상 아무것도 두렵지 않다는 것을 떠올렸다.

"우리 엄마 이름은 요한나예요. 엄마는 서른여덟 살까지 살았죠. 더 살고 싶어 했지만 암에 걸리고 말았어요. 누구나 그런 병에 걸릴 수 있어요. 엄마는 목요일에 묘지에 묻힐 거예요. 조금 긴장돼요. 장례식에 한 번도 가 본 적이 없거든요. 아이들은 그런 데 갈 일이 없으면 좋겠어요. 엄청, 엄청, 굉장히 늙은 사람이 죽을 때는 빼고요. 노아 할머니처럼 말이죠."

"우리 할머니는 여든일곱 살이야."

노아가 말했다.

"와, 나이 완전 많다."

올레가 말했다.

"조용. 레아 얘기 더 듣자."

안나 선생님이 말했다.

"우리 엄마한테 배운 게 있는데, 두려워하지 말고 하고 싶은 걸 하래요. 머리를 밀어 버리는 거라든가……."

나는 빌마와 떠버리 올손을 쳐다봤다. 둘은 내가 학교로 돌아온 뒤로 나를 가장 괴롭히는 애들이다. 나를 '남자애'라 부르고 머리를 자꾸 만진다. 완전 짜증 난다. 그것만 빼면 사실 학교에 돌아와서 좋다. 모두 나를 불쌍하다 여기는 것 같지만 더 이상 싸움은 안 할 거다. 그게 더 불쌍한 거니까.

선생님이 내게 격려의 눈길을 보냈다. 노아가 손가락으로 가슴에 하트를 그렸다.

"저는 다른 사람들이 저를 불쌍하게 쳐다보는 게 싫었어요. 무시당하는 것 같았거든요. 하지만 엄마는 안 그랬어요. 남들이 어떻게 생각하든 너무 신경 쓰지는 말라고 했죠. 그게 그렇게 쉽지는 않지만요."

눈에 눈물이 가득 고였지만 삼키고 또 삼켰다. 그리움이 너울 지어 나를 덮쳤다.

그렇지만 제자리에 서서 반 친구들을 바라봤다. 아무도 나를 바보처럼 생각하는 것 같지 않았다.

"가끔은 엄마가 너무 보고 싶어서 숨을 못 쉬기도 해요."

나는 침을 한번 삼키고 얘기를 이어 나갔다.

"엄마를 되찾을 수만 있다면 교정에서 벌거벗고 천 번이라도 뛰어다닐 수 있어요."

모두 박수를 쳤다. 올레는 휘파람을 불었다.

"이제 1년 안 끓어도 되는 거죠?"

나는 안나 선생님에게 물었다.

"그럼."

선생님이 나를 꼭 안아 줬다.

장례식

---◆---

장례식장에 가니 관이 있었다. 엄마가 외롭지 않도록 내 동물 인형을 하나 넣었다.

보라보라섬에서 가져온 꽃무늬 파레오 천을 목에 두르는데 손이 떨렸다. 천에서는 여전히 바다와 햇살과 행복의 냄새가 났다. 머리에 히비스커스꽃 한 송이를 꽂고 싶었지만 머리카락도 없고 그 꽃도 없어서 그럴 수 없었다.

"우리 딸 예쁘구나."

내가 아빠 쪽으로 돌아서자 아빠가 말했다.

아빠는 엄마랑 블루스를 추던 날 입었던 양복을 입었다. 오빠는 엄마가 제일 좋아하던 티셔츠를 입었다.

밖에는 햇살이 밝게 빛났고 나무에서는 새들이 노래하고 있었다. 오늘 같은 날 뭐가 그렇게들 즐거운지 이해가 안 된다.

엄마가 다시는 돌아오지 않는다는 걸 모르나 보다.

우리는 서로 손을 잡고서 엄마가 우리를 기다리는 교회로 걸어갔다. 버스 정류장에 서 있는 노아랑 나디아 아줌마와 마주쳤다. 멀리서도 뭔가 이상하다는 게 눈에 들어왔다. 날이 더운데도 두 사람은 모자를 쓰고 있었다. 난 아빠의 손을 놓고 날 보며 웃고 있는 노아에게 달려갔다.

내가 가까워지자 둘은 모자를 벗었다. 나디아 아줌마의 머리카락은 밝은 분홍색으로 반짝였고 노아의 긴 머리카락은 사라져 있었다.

"우아!"

나는 노아의 머리를 만져 보았다. 노아는 이제 나처럼 고슴도치 머리가 되어 있었다.

"이제 우리 둘 다 학교에서 머리가 제일 짧네. 네 말이 맞았어. 더 이상 두려울 게 없거든."

노아가 흡족한 표정으로 머리를 매만졌다.

교회 앞은 사람들로 바글바글했다. 우리가 아는 사람도 있고 모르는 사람도 있었다. 엄마의 에스엔에스 팔로워들도 오고 암환자 모임에서도 왔다. 우리 반 친구들도 절반 가까이 왔고 오빠 친구들도 왔다. 하세 감독님도 왔는데, 날 보자마자 너무 꼭

껴안는 바람에 숨쉬기가 힘들었다.

"무슨 말을 해야 할지 모르겠구나."

감독님이 소곤댔다.

"염병."

내가 대신 속삭여 줬다.

아빠는 조문객들을 맞이해야 했다. 나랑 오빠는 안 그래도 돼서 대모들하고 교회로 들어갔다. 노아가 내 손을 꼭 잡았다.

엄마의 관은 저 앞에 있다.

"엄마."

속삭이고는 관 위에 귀를 대 보았다.

엄마가 내게 뭔가 속삭여 준 것 같았다.

교회가 사람들로 가득 차고 모두 자리에 앉자 스타워즈 주제곡이 울리기 시작했다.

오빠랑 나는 서로를 마주 보며 웃음 지었다.

우리 엄마는 별을 만나러 가는 길이다.

그게 엄마가 우리에게 들려주고 싶은 이야기다.

밤나무

여름이 끝나 가고 있다. 언덕 위 밤나무에 열린 푸른 밤송이도 서서히 영글기 시작했다. 나는 밤나무 몸통에 머리를 기댔다. 노아는 놀이터에서 다른 애들이랑 숨바꼭질을 하고 있다.

우리는 여전히 반에서 머리가 가장 짧다. 하지만 이제 고슴도치 머리는 아니다. 노아는 머리를 기를 생각이라고 했지만 나는 앞으로도 짧게 깎을 생각이다. 수영이나 축구를 할 때 참 편했다. 나이를 먹을 만큼 먹어서 스스로 결정해도 될 때가 오면 분홍색이나 파란색으로 염색을 할지도 모르겠다. 하지만 아직은 아빠의 허락을 받아야 한다. 아빠는 지금 내 모습 그대로가 좋다고 했다. 나는 귀도 못 뚫는다. 엄마라면 괜찮다고 했을지 궁금하다.

나는 여전히 날마다 엄마가 보고 싶고, 앞으로도 그럴 것이다. 엄마에 대한 그리움이 매일 슬픔으로 가득한 것은 아니었다. 엄마가 너무 그리워서 도저히 견딜 수 없을 때는 여기 와서 그늘에 앉아 그림을 그리곤 했다.

오늘은 내 생일 때 엄마한테 받은 책을 듣기로 했다. 아빠가 내 휴대 전화로 보내 줬다.

이어폰을 끼고 재생을 눌렀다.

엄마가 다시 살아난다.

"사랑하는 우리 송진, 생일을 맞았나 보구나. 스웨터가 잘 맞았으면 좋겠다. 네가 학교 갔을 때 엄마가 몰래 뜬 거야. 한 땀 한 땀 사랑의 바다가 들어갔단다."

"네, 아주 딱 맞아요. 지금 입고 있어요."

나는 눈을 감았다.

"준비됐니? 이 책 정말 재미있어. 너도 마음껏 웃을 수 있을 거야."

엄마가 책을 펼치고 헛기침을 하는 소리가 들렸다. 이제 엄마가 이야기를 시작할 참인데 노아가 언덕에 올라왔다. 나는 정지를 눌렀다.

"내가 방해한 거야?"

"아니야. 우리 엄마가 책 읽어 줄 건데, 같이 들을래?"

노아는 고개를 끄덕이고 내 곁에 앉았다. 나는 이어폰 한쪽을 노아에게 줬다.

　노아는 엄마 목소리를 듣고 눈에 눈물이 그렁그렁 맺혔다.

　"책이 길었으면 좋겠다."

　"그러게."

　나는 노아 곁에 바짝 붙어 앉으며 말했다.

　엄마의 포근한 목소리가 우리를 감싸 안아 준다.

그렇게 큰 사랑은 사라지지 않아요

———◆———

엄마는 나를 우주 끝까지 사랑했다.

우리가 함께하는 동안 하루도 안 빼놓고.

그렇게 큰 사랑은 사라지지 않는다.

엄마는 나를 사랑한다. 언제나.

난 그걸 절대로 잊지 않을 것이다.

상상도서관

그렇게 큰 사랑은
사라지지 않아요

초판 1쇄 발행 2020년 2월 7일
초판 4쇄 발행 2023년 5월 8일

글 모니 닐손
그림 요안나 헬그렌
옮김 신견식

편집장 천미진 | **편집** 최지우, 김현희
디자인 최윤정 | **마케팅** 한소정 | **경영지원** 한지영

펴낸이 한혁수 | **펴낸곳** 도서출판 다림 | **등록** 1997. 8. 1. 제1-2209호
주소 07228 서울시 영등포구 영신로 220 KnK 디지털타워 1102호
전화 02-538-2913 | **팩스** 070-4275-1693 | **블로그** blog.naver.com/darimbooks
전자 우편 darimbooks@hanmail.net | **다림 카페** cafe.naver.com/darimbooks

ISBN 978-89-6177-221-1 (73850)

이 도서의 국립중앙도서관 출판예정도서목록(CIP)은 서지정보유통지원시스템 홈페이지(http://seoji.nl.go.kr)와
국가자료종합목록 구축시스템(http://kolis-net.nl.go.kr)에서 이용하실 수 있습니다. (CIP제어번호 : CIP2020001504)

제품명: 그렇게 큰 사랑은 사라지지 않아요 | **제조자명:** 도서출판 다림 | **제조국명:** 대한민국
전화번호: 02-538-2913 | **주소:** 서울시 영등포구 영신로 220 KnK 디지털타워 1102호
제조년월: 2023년 5월 8일 | **사용연령:** 8세 이상
※KC마크는 이 제품이 공통안전기준에 적합하였음을 의미합니다.

⚠ 주 의

아이들이 책을 입에 대거나
모서리에 다치지 않게
주의하세요.